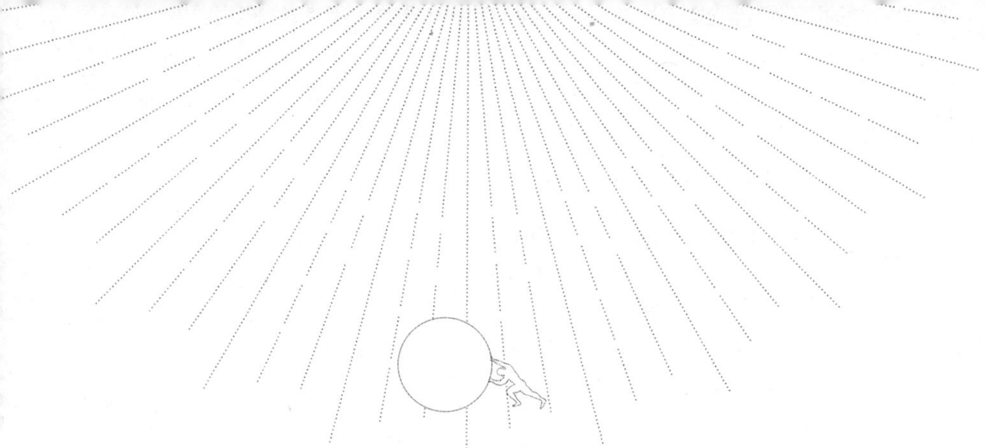

西西弗神话

[法]
阿尔贝·加缪
著

李玉民
译

古吴轩出版社

图书在版编目（CIP）数据

西西弗神话 / (法) 阿尔贝·加缪著 ; 李玉民译
.-- 苏州 : 古吴轩出版社, 2022.4
ISBN 978-7-5546-1917-9

Ⅰ. ①西… Ⅱ. ①阿… ②李… Ⅲ. ①随笔－作品集
－法国－现代 Ⅳ. ①I565.65

中国版本图书馆CIP数据核字（2022）第039274号

责任编辑：顾 熙
见习编辑：羊丹萍
策 划：村 上 荀 敏
封面设计：言 成

书 名：西西弗神话
著 者：[法]阿尔贝·加缪
译 者：李玉民
出版发行：古吴轩出版社
地址：苏州市八达街118号苏州新闻大厦30F　　邮编：215123
电话：0512-65233679　　传真：0512-65220750
出 版 人：尹剑峰
印 刷：唐山市铭诚印刷有限公司
开 本：880×1230　1/32
印 张：6.5
字 数：122千字
版 次：2022年4月第1版　第1次印刷
书 号：ISBN 978-7-5546-1917-9
定 价：32.00元

献给帕斯卡尔·皮亚[1]

---

① 帕斯卡尔·皮亚（1903—1979），法国当代作家、记者、插图画家，加缪的好友。1942年，加缪参加抵抗运动，曾在皮亚领导下从事文化、新闻方面的工作。——译者注

吾魂哟勿求永生，

但尽人事之可能。

——品达[1]

引自《特尔斐竞技会颂歌之三》

① 品达（约前518—前442或前438），古希腊诗人。

加缪自序

于我而言，《西西弗神话》是一种新思想的发端，《反抗者》是这种思想的延续。《西西弗神话》试图阐明自杀，《反抗者》重在讨论杀人。在当下的欧洲，这些价值已荡然无存或面目全非，也许是一时的。《西西弗神话》探索人值不值得活是正当且必要的，因此也必须直面自杀。表面冲突之下且贯穿其间的立场是，即使不信仰上帝，自杀也是不可取的。

本书写于15年前，即1940年，当时的法国乃至整个欧洲在苦苦挣扎。本书认为，即便处处充满荒诞，仍可存在超越荒诞的道路。在此后的所有写作中，我一直坚持寻找这种超越。虽然《西西弗神话》讨论的是生死问题，却是我在稀薄的荒诞空气中活着和创作的动力。

于是，我想创作是抵抗荒诞的有效武器，它可以让我的立场得以明晰的阐释。除随笔之外，在创作其他类型的作品时，我也将这种立场贯穿其中。这本书由一篇篇的抒情诗一样的文章组成，揭示了从认可、否定到超越的一条必经之路，这正是创作者及其创作使命的写照。

对活着是否值得和创作的思考始终贯穿全书，时而冷静，时而热情。

15年匆匆而过，初心未改，我仍然坚守促成这些立场的迫切感。正因为如此，在某个意义上，《西西弗神话》是我的英文版书籍中最私人的一部作品，尤为需要读者的宽容和理解。

阿尔贝·加缪

1955年3月于巴黎

目录

荒诞推理

荒诞人

荒诞的创作

附录

译后记

加缪生平及创作年表

荒诞推理

真正严肃的哲学命题只有一个，那便是自杀。判断人生是否值得，就是回答哲学的根本问题。

荒诞与自杀

真正严肃的哲学命题只有一个，那便是自杀。判断人生是否值得，就是回答哲学的根本问题。至于世界是否呈现三维，精神分成九等还是十二等，诸如此类都等而下之，无异于游戏，首先必须回答这个问题。若真如尼采所言[①]，一位哲学家要受人敬重，就必须身体力行，那么就能领悟这种回答的重大意义，因为言出必行，要有义无反顾的举动。这完全是心知肚明的事，但是还得深入探讨，才能让人在思想上也明了。

假如我问自己，凭什么判断这个问题比那个问题要紧迫，我

---

① 弗里德里希·尼采写道："我敬重一位能做出表率的哲学家。毫无疑问，他凭着榜样才能带领全体人民……不过，这种榜样应当由显而易见的生活，而不是仅仅由书本提供的……"引自尼采的《非现实的考虑》第三章《教育家叔本华》。——译者注

的回答就是要看这个问题所连带的行为。我从未见过有谁为本体论而死。伽利略掌握一个重要的科学真理，但生命一旦因此而堪忧，他便轻而易举地舍弃真理。在一定意义上，他做得也对，那个真理不值火刑柴堆的费用。地球和太阳，究竟哪个围着哪个转，这根本就是无所谓的事。说穿了，这就是个无聊的问题。反之，我倒看见许多人求死，就是认为生命不值得继续。我还看到另一些人极为反常，为了那些向他们提供生的理由的思想或者幻想（所谓生的理由，同时也是死的绝妙理由），就献出了生命。由此我判定，生命的意义是最为紧迫的问题。何以见得？纵观所有根本问题，我指的是可能导致人走向死亡的问题，或者大大激发生的欲望的问题，大致有两种思维方式：拉帕利斯[①]的方式和堂吉诃德的方式。明显的事实与抒情的表达，只有保持平衡，才能让人同时进入感动和明察的状态。在一个如此平常又如此悲怆的主题中，古典奥博的辩证法，可以想见，必当让位于一种更为谦抑的精神态度，即发自常情常理和善气迎人的态度。

论及自杀，向来被视为一种社会现象。这里则相反，首先要弄清楚个人思想与自杀的关系。这样一种行为，堪比一部伟大作品，

① 拉帕利斯（1470—1525），法国元帅，骁勇善战，战功卓著。部下称颂他：“死前一刻，他依然存活。”——译者注

是在心灵的幽寂中酝酿的，当事者本人并不知晓。一天晚上，他开了枪，或者扎入水中。有一天人家告诉我，一个房产公司的经理自杀了，丧女之痛折磨了其五年，正是这件事“毁了他”。没有比这更确切的词了。开始思虑，就是开始自毁。这类事情的开端，跟社会没有多大关系。蛀虫自在人心，必须深入人心去寻找。这种死亡游戏，从面对生存的清醒，到逃离光明，人应该跟踪并理解它的始末。

一场自杀有许多缘由，一般来说，最明显的不见得是最致命的原因。很少有人三思而后自杀（然而，不能排除这种假定）。引发危机的因素，几乎总是无法确认的。报刊常说“难言之隐”，或者“不治之症”，这种解释倒也成立。但是必须了解出事的当天，绝望自杀者的一个朋友是否用满不在乎的口气跟他讲过话。如果有，那么此人便有罪过。因为这一助推，就足以让尚在悬浮的所有怨恨、厌弃一发而不可收拾了。

如果说很难确定死亡的精确时刻、微妙举措的话，那么从自杀这种行为本身，就容易得出假定的后果了。自杀，在一定意义上，如同在情节剧中那样，就是承认了，承认自己跟不上或者不理解生活了。我们也不要在这些类比中走得太远，还是回到日常生活用语吧，就是仅仅承认这“不值得”。自不待言，生活，从来就不是易事。人总是持续地做出生存所需的举动，出于种种原因，头一条就是习惯。情愿死亡就意味着确认了——哪怕是本能地确认了这种习惯的可笑性，确认了活在世上缺乏深刻的理由，确认了每天这样躁动的荒谬性，毫无必要受苦受难。

究竟是什么无法估量的情感，剥夺了精神的睡眠，生命不可或缺的睡眠呢？一个甚至能用歪理解释的世界，总还是一个熟悉的世界。反之，在一个突然被剥夺幻想和光明的天地中，人就感到自己是世外人了。这种流放无可挽救，只因对丧失的故土的回忆，乃至对乐土的期望，通通被剥夺了。这种人与其生活的脱离，演员与其舞台的脱离，恰恰就是荒诞感。所有曾想过自杀的身心健全的人，无须更多的解释就可以确认，自杀的情结同向往虚无有一种直接的联系。

这部论著的主题，也正是荒诞与自杀之间的这种关联，通过自杀解决荒诞的切实手段。原则上可以肯定，一个不会弄虚作假的人，他信以为真的事就势必决定他的行动。一个人相信人生的荒诞性，这种认识就必定支配他的行为。世界的这种秩序所得出的结论，是否要求人尽快脱离一种不可理解的生存状况，不必抱着虚假的悲怆情怀，明确地这样扪心自问，这是一种正当的好奇心。我这里所指的，当然是那些表里如一的人。

这个问题被明确地表述出来，就显得既简单又无从解决了。然而，假定简单的问题必引出同样简单的回答，显而易见的事就意味着显而易见，那可就错了。如果把这个问题颠倒来说，不管自杀或不自杀，在哲学上似乎也只有两种解决办法，即“是”或“否”，那真是太美妙了。但是，还必须考虑到另一部分人：他们一直发出疑问，却不下结论。而且，这种人是大多数。我这么讲并非戏言，我也同样看到，还有一些人回答“否”，但在行动上仿佛心里想着“是”。事实上，若是接受尼采的标准，那么不管是哪种方式，他们都想着“是”。反之，那些自杀的人，则往往确信了生命的意义。这类矛盾屡见不鲜。甚至可以说，在反而极渴望逻辑性的这一点上，矛盾却从未显得如此鲜明。拿他们的行为对比他们宣扬的哲学理论，不过是老生常谈罢了。但是也应指出，在拒不认为人生有意义的思想家中，除了文学人物基里洛夫[①]、传奇人物佩尔格里诺斯[②]，以及

---

① 阿列克赛·基里洛夫，陀思妥耶夫斯基《群魔》的主要人物之一。该小说取材于一桩命案：大学生伊万诺夫因不赞同观念学家的非道德原则，在涅采耶夫的怂恿下，被野蛮杀害。基里洛夫早年曾是沙托夫（伊万诺夫在小说中的原型）的流亡难友，后为工程师，秘密革命团体成员。——原编者注

② 佩尔格里诺斯，希腊犬儒派哲学家，于165年奥林匹克运动会期间自焚。“我听说战后一位作家，要与佩尔格里诺斯比试高低，他完成处女作之后便自杀，以期引人关注他的作品。的确引人注意了，但是认为他的书实在低劣。”——译者注

善于假说的儒勒·勒基埃[1]之外，谁也不会将自己的逻辑推演到否定人生。提起叔本华在丰盛的宴席上还赞美自杀，大家经常引为笑谈。其实，这毫无可笑之处。这种对待悲剧的方式，算不上多么严肃，不过，这种方式最终对自杀者做出了判断。

面对这种种矛盾和种种费解，难道就可以认为，对人生持什么看法，同轻生之举就毫无关系吗？在这方面，千万不要夸大其词。在人对生命的依恋中，有某种比人世所有苦难更强大的东西。对肉体的判断相当于对精神的判断，而在毁灭面前，肉体是要退缩的。我们先养成活在世上的习惯，然后才学会思考的习惯。在人生的旅途中，时间每天都把我们推向死亡一点，肉体则无法挽回地保持领先地位。总而言之，这种矛盾的要点，寓于我称为“闪避”的内容之中。比起帕斯卡尔所说的“移开”，“闪避”既少点什么，又多点什么。闪避死亡成为本文的第三主题，即希望。希望另一种必须“值得”的人生，或者像那些弄虚作假的人，他们活着不是为了生活本身，而是为了超越生活，把生活崇高化的伟大思想：这种弄虚作假赋予人生以某种意义，同时也背叛了人生。

就这样，什么都插一手，越搅越乱。有人迄今还一直玩弄辞

---

① 儒勒·勒基埃（1814—1862），法国哲学家，在海上游泳时力竭，溺水身亡。——译者注

藻，佯装相信否认人生的意义，势必导致宣称人生不值得一过，而且他们的说辞也不无影响。其实，这两种判断之间，并无任何硬性的尺度。只不过，不要受迷惑，接受这里所指出的混淆视听、离谱和自相矛盾的言论。必须排除这一切，直趋真正的问题。人自杀的原因是活得不值，这无疑是一条真理，但这不言自明，因而很贫乏。这种对人生的侮辱，这种对人生的否认，难道是源于人生根本无意义吗？难道人生荒诞就要求人通过希望或自杀逃避人生吗？这必须澄清，必须排除其余的一切，探究并阐述明白。荒诞就一定会导致轻生吗？必须给这个问题优先权，不去管各种各样的思想方法以及无私精神五花八门的把戏。论及此，“客观”精神总善于引入的差异、矛盾、心理学，在这种探索和激情中就没有位置了。这里只需要一种无来由的思维，即逻辑。这并不容易。讲讲逻辑，倒是不费力气。但是，要把逻辑贯彻到底，几乎就是不可能的事。亲手结束自己生命的人，就是这样沿着他们感情的斜坡，一直滑到终点。思考自杀的问题，也就给了我机会，提出我唯一感兴趣的问题：一直到死都合乎逻辑吗？要想弄个水落石出，我只能排除混乱的激情，单凭明显事实之光，在这里进行指明其根源的推理。这便是我所说的荒诞推理。许多人开始这样做了。我还不了解他们是否会坚持做下来。

卡尔·雅斯贝尔斯[①]揭示世界根本不可能组成一个统一体时，这样高呼："这种局限将我引向自我，而一进入自我，我就不再躲到只为表现的一种客观观点后面了，而且对我而言，无论我本人还是他人的存在，也都不会再成为对象了。"他步许多人后尘，又提起思想已抵达其边缘的那些无水荒凉的地方。步许多人后尘，是啊，毫无疑问，可是有多少人都急于退出来呀！思想摇摆的最后转折点，许多人到达了，甚至最卑微的人。于是，他们舍弃了最为珍视的生命。而另一些人，精神领域的强者们，他们也舍弃了，但是他们是在最纯粹的精神叛逆中，杀死了自己的思想。真正的努力反而在于坚持，竭尽可能地坚持，并且密切注视那些遥远国度的奇花异木。在这场非人的游戏中，荒诞、希望和死亡都彼此批驳，而执着和洞察才是得天独厚的观察者。这场舞蹈既简单又精妙，因此，精神可以先分析舞者的形象，然后再彰显之，并且亲身体验。

---

① 卡尔·雅斯贝尔斯（1883—1969），20世纪德国哲学家，为现代存在主义哲学奠定了基础。他在《哲学的远见》（1948）和《哲学信仰与启示》（1962）中，主张建立世界哲学，其任务是制定一种思维程式以有助于建立自由的世界秩序。他从存在哲学转变到世界哲学，是基于一种信念，相信有一种逻辑可使人类得以自由交流信息。——译者注

荒诞之壁

深挚的情感犹如伟大的作品，总比有意表达出来的蕴含更多。心灵的某种活动或者反感所具有的恒定性，也在所为或所思的习惯中再现，还延续到心灵本身都不知晓的后果中。伟大的情感游荡时，总携带着自己的宇宙，不管是辉煌的还是悲惨的宇宙。伟大的情感以其激情，照亮一个排他性的世界，并在其中重获适得其所的氛围。无论忌妒、野心、自私还是慷慨，都有自己的一方天地。所谓一方天地，就是一种形而上学和一种精神姿态。已经专一化了的情感，既然有真实的流露，那么初发的激情就会流露出更多的真实：初发的激情宛若美好或荒诞带给我们的感受，都同样未确定，都同样模糊而又同样真切，都同样遥远而又同样近在眼前。

无论哪个人，走到哪条街的拐角，荒诞感都会扑面而来。原本原样，赤裸裸的，实在败兴，明亮却没有光芒，又难以捕捉。然而，这种难题本身就发人深思。一个人对我们来说始终是陌生的，情况大概确实如此：他身上总有什么我们把握不住的东西。然而，我通常认识这些人，通过他们整体的举止、行为，通过他们生活所经之处留下的后果，就能认出他们来。同样，所有这些非理性的情感，想分析都无从下手，我却通常能够确定，通常也能品评。也就是说，将这些情感的全部后果归拢到智力范畴，抓住并记录其各种各样的面孔，再勾画出情感的天地来。可以肯定，同一个演员，即使我看了他上百场演出，也未必能更好地了解他本人。然而，如果我把他扮演过的人物归拢起来，清点到他演的第一百个人物时，我说稍许了解他了，大家就会感到我这话有几分道理。只因这种表面上不合理的事物，也是一种简单的寓言，有一定的教益。让人了解到，既可以通过他演的戏，也可以通过他真诚的冲动来界定一个人。同样的道理，一种低调、一些心中难容的情感，也会因其激发起来的行为，因其假定的精神姿态，而部分暴露出来。大家会明显感到，我这是在确定一种方法。不过，大家也会同样感到，这是分析方法，而非认识方法。因为，方法也包含着形而上学，会不知不觉暴露出有时坚称还不甚了了的结论。一本书也是如此，结果在开篇就有所表露——这种盘根错节无法避免。这里界定的方法宣扬这种感觉，即不可能完全认识真相。唯有表象可以量化，氛围可以感知。

这种难以捕捉的荒诞感，我们也许能在迥异但友爱的世界中与之不期而遇，那便是智力的、生活艺术的或者纯艺术的世界。从一开始就有了荒诞的氛围，这是荒诞的世界，是用自己特有的光照亮世界的精神姿态，并且能认出这张得天独厚而不可改变的面孔，使其大放光彩。

但凡伟大的行动，但凡伟大的思想，都有一个不起眼的开端。伟大的作品往往诞生在一条街的拐角，或者一家餐馆的小门厅。荒诞也是如此。荒诞世界还甚于别的事物，更能从这种卑微的出身赢得高贵的身份。在某些场合，一个人用“没什么”回答关于他的思想本质的提问，也许就是一种敷衍。至亲好友都心知肚明。话又说回来，假如这一回答是真诚的，就反映出一种特殊的心态，即空虚富有深意，日常行为的链条断了，心灵无奈地寻找衔接的一环，那么，这种回答就可视为荒诞的第一个征象了。

有时候，布景会坍塌。起床，乘电车，在办公室或工厂干四小时，吃饭，乘电车，再干四小时，吃饭，睡觉，而且星期一、星期二、星期三、星期四、星期五和星期六，全是同样的节奏，大部分时间里，这条路走得相当顺畅。不过有一天，突然萌生“为什么”的疑问，在这种带有惊讶色彩的厌倦中，一切就开始了。“开始了”，这很关键。一种机械生活的行止，到头来就是厌倦，但是厌倦也同时开启了意识的活动。厌倦唤醒了意识，并且挑起了一系列状况。一系列状况就是不自觉地回顾生活链条，换言之，这是最终的觉醒。随着时间的推移，觉醒到一定程度，便有了后果：自杀或者故态复萌。厌倦本身，有其令人作呕的成分。可是在这里，我应得出结论：厌倦是有益的。因为，一切都始于意识，只有通过意识才有价值。这些见解毫不独特，但是显而易见：用在一时就足够了，正好可以粗略地辨识荒诞的根源。简单的“思虑”是一切的发端。

同样，日复一日，生活毫无光彩，同时裹挟着我们。然而，总会有那么一刻，我们应当裹挟时间了。我们生活在未来：“明天”“以后”“等你混出个样儿来”“等你长大就会明白”，这些不着调的话令人赞叹，因为最终，就关系到死亡了。总归有那么一天，人觉察到，或者承认他已三十岁了。即使他再强调年轻，但是这样一来，他就根据时间给自己定位了，他在时间里找到了自己的位置。他承认自己处于人生弧线的某一时间点上，从而表明他应当走完全部路程。他从属于时间了，不免心生恐惧，确认了时间是他的死敌。明天，他盼望明天，而他全身心本该拒绝的。肉体的这种反抗，就是荒诞[1]。

---

① 这并非本义上的荒诞。这里不是下定义，而是要列举一些可能包含荒诞的情感。列举完了，也并没有说尽荒诞。——作者原注

再低一个层次，就是陌生性了：发现世界是“厚实”的，看出一块石头陌生到何等程度，我们感到无能为力；大自然何等强大，一处风景就可以否定我们。自然美的深处，无不潜伏着非人的东西：就说这些山峦的连绵、天空的晴和，这些树木的曼妙，转瞬间就丧失了我们所赋予的幻想的意义，从此就跟失去的天堂一样遥不可及了。世界原初的敌意，穿越了数千年，又追上我们了。这个世界，一时间我们看不懂了，只因多少世纪以来，我们所理解的世界，无非是我们事先赋予它的各种形象和图景，只因从此以后，我们再无余力使用这种伎俩了。世界又恢复原样，也就脱离我们的掌握了。这些由习惯遮饰的布景，又恢复了本来的面目，离我们远去了。同样，已经爱了数月或数年的一位女子，本是熟悉的面孔，有些日子忽然觉得是个陌生人了，甚至可以说，我们也许渴望使我们突然如此孤独的东西。不过，时间还没有到。唯一可以肯定的是，世界的这种厚实和这种陌生性，正是荒诞。

人也同样分泌出非人性的东西。在清醒的某些时刻，他们行为机械的样子，毫无意义的忸怩作态，能把他们周围的一切变得荒谬至极。一个男人在玻璃电话亭里打电话，别人听不到声音，却看得见他那毫无意义的手势，这让人不由得发出疑问：他为什么活着？面对人本身的非人性所产生的这种嫌恶，面对我们本身形象的这种无法估量的堕落，正如一位作者所称的我们时代的这种“恶心”[①]，这些也都是荒诞。同样，在某些瞬间，透过镜子看到陌生人朝我们走来，或是再熟悉不过却又令人不安的兄弟在我们的相册里重新见到，这还是荒诞。

终于该谈谈死亡了，谈谈我们对死亡的感受。这个话题已经说尽，谨防再唠叨些悲天悯人的话。人人都活在世上，却好像谁也“不知道”似的，对此世人怎么表示惊讶也不过分。这是因为，实际上并没有死亡的经验。就本义而言，只有生活过的，并且意识到了，才算是经验过了。这里，仅仅探讨一下，是否可能谈谈别人死亡的经验[②]。这是一种代用品，精神上的一种看法，我们自己也从来不会特别信服。这种约定俗成的伤悲，也不可能令人信服。其实，恐惧来自死亡事件的“数学”方面。如果说时间让我们畏惧，那是因为时间进行了演示，随后才是答案。关于灵魂的所有漂亮的演说，在这里，至少此刻要接受其相反观点的粗略验算。灵魂从这打耳光也留不下痕迹的僵体中消失了。这种偶发事件最终的基本层面，就构成了荒诞感的内容。在这种命运的死亡阴影下，百般无用

---

① 加缪评述了萨特的小说《恶心》，文章发表在《共和阿尔及尔》杂志上（1938年10月20日）。——译者注

② 加缪既受克尔恺郭尔《哲学片段·最后的非科学性的附言》的启发，也受海德格尔《形而上学是什么》的启发。——译者注

显现了。任何道德、任何成果，面对支配我们生活状况的血腥的数学，都不能先验地得到证实。

重复一遍，这一切都已经一说再说了。我在这里只是简括地归类，指出这些显而易见的主题。这些主题贯穿在所有文学作品和所有哲学作品之中，也充斥于每日的谈话，没有必要重新制造出来。但是，必须首先确认这些明显的见解，才可能接着探讨首要的问题。我所感兴趣的，再重复一遍，主要不是发现荒诞，而是发现荒诞的后果。如果确认了这些事实，那么应当得出什么结论呢？什么也不避讳能走到什么地步呢？就该情愿一死，还是不顾一切抱着希望不放呢？在心智的层面上，也必须预先快速地清理一下。

思想的头一个活动，就是辨识真伪。然而，思想一旦反思，那么首先发现的便是一种矛盾。在这个问题上，极力说服人是徒劳的。多少世纪以来，论述这个问题，谁也比不上亚里士多德这么明晰、这么精彩：

这些观点，后果备受嘲笑，也就不攻自破了。因为，肯定一切皆真，我们就肯定了对立观点是真理，从而也就肯定了我们自己论点的谬误（因为对立观点的认证不容许我们的论点是真理）。如果说一切皆伪，这种论断同样是谬误。如果声称只有同我们对立的论断是错的，或是唯独我们的论断不是错的，那么就不得不接受无数或真或伪的判断了。因为，一个人提出一个正确的论断，那么同时也就宣称这个论断是真理，如此类推，以至无穷。[①]

这仅仅是一系列恶性循环的第一个，进行反思的思想深陷其中，迷失在令人眩晕的旋涡里。这些悖论简单明了到无以复加的程度。不管搞什么文字游戏、逻辑杂耍，理解首先就是整合。精神深层次的渴望，即便在演化最快的活动中，也要会合人面对自己天地的无意识感，就是要求认同，渴求明确。对人而言，理解世界，就是迫使世界具有人性，在世界上打上人的烙印。猫的世界不同于食蚁兽的世界。“任何思想都打上人格的烙印”，这句话没有别的意思。同样，精神力图理解现实，只有把现实转化成思想术语时，才能心满意足。如果能看出世界也同样会爱和感到痛苦，那么人就会心平气和了。如果思想在现象的幻境里发现了永恒关系，既能把现象概括起来，又能把自身概括为唯一的原则，那就可以侈谈精神的幸福了，而这些幸福者的神话，也不过是一件可笑的赝品。这种对一体化的眷恋，这种对绝对的渴求，表明了人类悲剧的基本演变。即使这种眷恋成为事实，也并不意味着它必然立即得到缓解。因为，如果我们跨越了横亘在渴望与获取之间的深渊，同巴门尼德[②]

① 出自亚里士多德《形而上学》第四卷第八章。——译者注

② 巴门尼德（约前515—约前440），古希腊哲学家。——译者注

一起肯定单一为现实（不管哪种单一），那么我们就跌进精神的可笑矛盾中：这种精神肯定完全一致，并以其肯定本身来证明它自己与众不同，进而声称能解决分歧。这是另一种恶性循环，足以扼杀我们的希望。

这些仍是显而易见的事实。我再次重复，它们的趣味不在于本身，而在于其可能引出的后果。我了解到另一个明显的事实，那就是人必有一死。可以历数从中得出极端结论的那些智者。要知道，我们想象中了解的和实际了解的之间的恒定差距，实际的认同和假装的无知之间的恒定差距，在本论著中必须视为永久的参照。至于假装的无知，正是让我们抱着一些观念活在世上，而这些观念，我们若真亲身体验一番，那就势必打乱我们的全部生活。面对精神的这种纠缠不清的矛盾，我们恰恰可以完全把握一点：将我们同我们的创造物分离。思想只要在它希望的静止世界中缄默，就会在它眷恋的一体中井井有条。然而，思想只要动一动，这个世界就会断裂并倒塌；无穷的闪光碎片蜂拥呈现在认识的面前。根本无望了，再难重建能使我们心灵宁静的那种亲切而平静的表层世界了。探索了多少世纪之后，多少思想家前赴后继，我们十分清楚。就我们的全部认识而言，这是千真万确的。除开职业的唯理论者，如今对真正的认识都不抱希望了。如果只能写一部人类思想有深意的历史，那么就应该写成人不断懊悔而又无能为力的历史。

的确如此，提起谁，提起什么，我能说："这我知道！"胸膛里的这颗心，我能感受到，能判断它存在。这个世界，我能触摸到，也能判断它存在。我的全部学识到此为止，其余的还有待构筑。因为，我所确认的这个"我"，如果我试图抓住，如果我试图确定并加以概括，那么"我"就会完全化作水，从我的手指缝儿里流走。我可以一一画出"我"所能呈现的各种面孔，也能一一画出别人赋予"我"的各种面孔，表现"我"的教育、出身、热情或者缄默、高尚或者卑劣。可是，人们并不能把这些面孔加起来，甚至我这颗心，我也永远确定不了。我确信自己的存在，我还力图给这种确信提供内容，但这两者之间的沟壑却永远也填不平。我对我本人，始终是陌生的。在心理学上，犹如在逻辑学上，有一些真理，又根本没有真理。苏格拉底的那句"认识你自己"和我们在忏悔中说的那句"要有德行"，具有同等的价值。这两句话同时透露出眷恋和无知。这是在重大题材上进行的毫无结果的游戏，这些游戏只要靠谱点儿就算不错了。

再比如这些树木，我知道树皮粗糙，里面有水分，也闻到了树香。夜间的星辰，花草的芬芳，在心情轻松的夜晚，我怎么能否认我感到其强势和力量的世界呢？然而，大地上的全部知识，却没有向我提供任何东西让我确信，这个世界是属于我的。你们向我描述这个世界，教我如何分门别类。你们向我列举了它的法则，而我求知若渴，也就同意这些法则真实可靠。你们还剖析世界的机制，我的希望也随之增加。到了最后阶段，你们又告诉我，这个五彩缤纷的奇妙宇宙，最终分解为原子，而原子又分解为电子。这一切看来不错，我等待你们继续下去。可是，你们却对我说，有一个肉眼看不见的星体系统，许多电子围绕着一个核运转，你们用一种形象向我解释这个世界。于是我承认，你们到了诗的境界：那是我永远也不能了解的。我还来得及表示气愤吗？你们又改换了理论。这门本来应当让我认识一切的科学，就这样在假想中结束了。这种明晰沉没在隐喻中，这种不确定性化为艺术作品。何必让我付出这么大的努力呢？与之相比，山峦柔美的线条和抚摩这颗慌乱的心的夜晚之手，能告诉我更多的东西。但我又回到自己的起点。我明白了，如果说，我能通过科学掌握自然现象，并且一一列举出来，我却不能相应地理解这个世界。纵然我用手指顺着起伏的地势摸遍了世界，我也不见得了解更多。你们要我选择：要么是一种确切的描写，却不能教给我任何东西；要么是种种假想，声称能教导我，可又一点儿也不确切。对于我本人和这个世界，我都是陌生者，唯一可以依赖的就是一种意念，而这种意念一旦要肯定什么，就自我否定了。

我这是生活在什么样的状况中啊！我要想得到安宁，就只能放弃认知和生存，想进取的渴求处处碰壁，遇到坚不可摧的壁垒！一有进取的意愿，就要引起混乱。一切都排列有序，从而诞生一种毒化的安宁，始作俑者就是这种无忧无虑、心灵的麻木以及坐以待毙的放弃。

智慧也以其方式告诉我，这个世界是荒诞的。智慧的反面，即盲目的理性，怎么断言一切都明白无误也是枉然，我还等待拿出证据，但愿理性言之有理。不过，尽管多少世纪都那么自以为是，更有那么多令人信服的雄辩家，但我知道这是虚假的。至少在这方面，据我所知，绝没有什么幸运者。这种无论实践的还是精神的普遍理性，这种决定论，这些解释一切的各种范畴，说到底，无不有令正派的人发笑的成分。这些理性的东西，跟精神根本搭不上边，而被否认的、受束缚的思想乃真知灼见。在这个有限的而又看不透的世界里，人的命运从此有了意义。一大批非理性的人群起而攻之，直到最近这种意义才寿终正寝。这些非理性的人又恢复了明智，现在更同心协力，荒诞感就渐趋明朗，越发真切了。我前面说过世界是荒诞的，未免操之过急。这个世界本身就不可理喻，眼下也只能说到这种程度。其实，所谓荒诞，就是这种非理性同执意弄明白这种渴望的冲突，须知人的内心深处，总回荡着弄清世界的呼吁。荒诞既取决于人，也同样取决于世界。荒诞在目前，是人与世界的唯一纽带。荒诞将人与世界捆绑在一起，正如仇恨，唯有仇恨能把世人联系起来。我在这个无可比拟的世界中探险，所能辨别清楚的也只有上述这一点。就此打住吧。支配我同生活关系的这种荒诞，如果我当真的话，如果我心中充满被世界奇观震撼的情感，充满探索科学迫使我具备的明智，那么我就应该为这份坚信牺牲一切，我就应该完全正视它，以便将它牢牢地把握住。我尤其应该在坚信中调整我的行为，不管产生什么后果都要坚持到底。我这样讲是真心诚意的。不过，我事先还是想了解，在这大片沙漠中，思想能否存活。

我已经知道，思想至少进入了这片沙漠，并且找到了面包，还在沙漠中醒悟了，尽管先前一直以幻影为食。思想趁机提出了几个最紧迫的主题，以供人类思索。

荒诞被承认之时起，就是一种激情，最撕肝裂胆的激情。但是，问题全在于要了解，人能否与荒诞的激情共生存，能否接受激情的深层法则，即同时焚毁被它激发起来的人心。这倒也不是我们将要提出的法则。这一法则处于这场探索的中心，到时候回头还要再谈。我们先得承认，这些主题和冲动产生于荒漠，只要列举出来就够了。这些也同样，已经尽人皆知了。始终有人站出来，捍卫非理性的权利。有一种被称为受屈辱的思想，其传统从来没有间断过。对理性主义的批判未免太多，不必再批判了。然而，我们的时代却重又出现这些荒谬的体系，千方百计地让理性蹒跚而行，就好像理性真的在一直往前走似的。不过，这也证明不了理性多么有效力，更证明不了理性的希望有多么强烈。看看历史，这两种态度始终并存，表明人的主要激情：一面呼唤向往一统，另一面又清楚看到高墙壁垒的包围，人实在进退维谷。

不过看起来，对理性的攻击，也许别的时代都不如现时代来得猛烈。前有查拉图斯特拉[①]大声疾呼："也是天缘凑巧，这是世界上最古老的贵族。当我说任何永恒的意志都不肯高踞于世间万物的时候，我就是把这个头衔还给了世间万物。"后有患了不治之症的克尔恺郭尔说："这病症导致死亡，人一去世万事皆空。"荒诞思想富有深意又百般扭曲的主题层出不穷。至少可以说（而这种差异至关重要），非理性思想和宗教思想的主题就是如此。从雅斯贝尔斯到海德格尔，从克尔恺郭尔到舍斯托夫[②]，从现象学者到舍勒[③]，思

---

① 查拉图斯特拉（约前628—约前551），又译为琐罗亚斯德，琐罗亚斯德教创始人。他宣扬人永生免死长享幸福的正义之国，同时宣扬二元论，即智慧之主有一个对手——阿里曼，是万恶之源。这一段引自《查拉图斯特拉如是说》第三部分《太阳升起之前》。——译者注

② 舍斯托夫（1866—1938），俄国哲学家，1920年移居法国。他是德国哲学家胡塞尔的高徒，是德国现象学派最受瞩目的哲学家之一。——译者注

③ 舍勒（1874—1928），德国社会与伦理哲学家，以研究现象学的方法而知名。——译者注

想上全是一家人，他们由眷恋结成亲族，活跃在逻辑和道德领域，以不同的方法，或者抱着不同的目的，不遗余力地阻挡理性的阳关大道，要重新找到直通真理的路径。我在此假设，这些思想为人所了解并体验过。这些先贤时俊，不管他们先前或现在有什么雄心大志，全从这样一个世界出发：这个世界难以描摹，由矛盾、二律背反、惶恐或无能为力统治着。他们的共同点，恰恰是迄今所揭示的这些主题。关于他们，必须明确说明，尤其重要的就是他们从这些发现中所得出的结论。这十分重要，值得单独进行研究。眼下只谈谈他们的发现以及他们最初的体验，已证实他们的不谋而合。如果说想要谈论他们的哲学有点儿不自量力的话，那么不管怎样，让人感受一下他们的共同氛围还是可能的，这也就足够了。

海德格尔冷眼审视人类生活状况，宣称这种生存是一种侮辱。唯一的现实，就是人在各个阶段的“思虑”。对迷失在世界的人及其排遣来说，这种思虑是一种转瞬即逝的忧虑。不过，这种忧虑一旦意识到了，就会转化为惶恐，即清醒者永久的氛围，“生存重又陷入其中”。这位哲学教授拿笔的手丝毫也不发抖，用最抽象的语言写道：“人生存的有限性与限定性，比人本身还重要得多。”他对康德感兴趣，在于承认康德的“纯粹理性”的局限性，也在于对他的分析做出结论：“世界再也不能向惶恐的人提供什么了。”在他看来，这种思虑事实上大大超越了推理的范畴，因而他一心只想着这种思虑，只谈这种思虑了。他列举了思虑的种种面孔：烦恼的面孔，当凡夫俗子力图将思虑同自身挂钩，并力图使之减缓的时候；恐惧的面孔，当智者贤达直面死亡的时候。意识到死亡，这便是思虑的呼唤，“于是，生存通过意识，也向自己发出呼唤”。死亡的意识正是惶恐的声音，要求生存“主动从毁灭返回芸芸众生”。他也不例外，不能睡大觉，必须日夜警醒，一直到生命耗尽。他在这荒诞的世界中坚守，又强调荒诞世界的可毁性。他在废墟中寻找自己的路。

雅斯贝尔斯对整个本体论大失所望，因为他断言我们丧失了“天真”。他知道我们必然一无所成，不能让表象的乏味游戏升华。他也知道，精神的归宿就是失败。他久久徘徊在历史提供给我们的精神冒险之路上，无情地揭示了每种体系的缺陷，识破了拯救一切的幻想、毫无掩饰的说教。在这荒废的世界，已然证明了认识的不可能性，虚无仿佛是唯一的现实，无可补救的绝望，唯一的姿态，因此，他试图重新找到阿里阿德涅之线，沿导线通往秘密的神界。

舍斯托夫另有建树，通过一部单调得令人叹为观止的著作，反复不断地探索同样的真理，持续不断地指出，最缜密的体系、最广泛的理性主义，最终总要绊倒在人类思想的非理性上。任何讽刺意味明显的道理、任何贬损理性可笑的矛盾，都逃不过他的眼睛。唯一引起他兴趣的事，实属例外，那就是心灵史或精神史。通过陀思妥耶夫斯基式的死囚体验，通过尼采式的狂放的精神冒险，通过哈姆雷特式的诅咒，或者易卜生式的苦涩的贵族生活，他不断发现、指明并赞扬人对无可补救的世界的反抗。他拒绝将自己的道理归附理性，而且直到这片没有色彩、一切确定的东西全变为石头的荒漠深处，他才颇为坚定地开始大踏步前进。

在所有这些人当中，最吸引人的也许还是克尔恺郭尔，至少他那人生的一部分是如此，他比发现荒诞更胜一筹，他体验了荒诞。“最可靠的缄默，不是三缄其口，而是开口说话。”写下此话的人，一开始就确信，任何真理都不是绝对的，也不可能让本身都不能实现的存在令人满意。这个洞达事理的唐璜[①]，不断变换笔名发表文章，频繁地制造矛盾。他写了《布道词》，同时又写下《诱惑者的日记》，这样一本犬儒主义唯灵论的教科书。他拒绝安慰、道德，也拒绝一切令人安心的原则。这根刺，他感到扎在心上[②]，但绝不会试图减轻痛苦；相反，他唤起痛苦，乐在绝望中，像个钉在十字架上的受难者，有一种求苦受罪的满足感。清醒、拒绝、戏谑，他一点一点塑造一类

---

① 尼采在《黎明》中的一种说法。——原编者注

② 典出《圣经·新约》的《哥林多后书》第十二章：“又恐怕因我所得的启示甚大，就过于自高，所以有一根刺加在我肉体上，就是撒旦的差役，要攻击我，免得我过于自高。”——译者注

魔鬼附身者。这张既温和又讪笑的面孔，这种伴随着从灵魂深处发出喊叫的旋转，正是荒诞精神在同超越它的现实进行拼搏。精神的冒险，将克尔恺郭尔引向他那些宝贵的轰动效果，而冒险本身也是在混乱中开始的，进行一场丧失自身背景、回归原初的自相矛盾的体验。

另外，在方法上，胡塞尔和其他现象学派的哲学家们以夸张的手法，重建了多样性的世界，否定了理性的超验能力。精神世界同他们一起，无法估量地丰富充实起来。玫瑰花瓣、公路的里程碑，或者人手，比起爱、欲望或者万有引力来，都具有同等重要性。思想，不再一统天下了，不再是使表象以大原则的面目变得为人所熟知了。思想，就是重新学会观察世界，学会集中注意力，就是引导自己的意识，就是以普鲁斯特的方式，将每种意念、每个形象，都转化为一块福地。实在反常的是，一切都成为优选的了。能为思想正名的，就是对思想的极端在意。胡塞尔虽然显得比克尔恺郭尔或者比舍斯托夫更为实证，可是当初，他却否定理性的古典方法，打破希望，敞开直觉和心灵的门，迎入庞杂的现象，而那些纷繁的现象则有些非人性的东西。他走过的一条条路，通向一切科学，抑或通不到任何科学。这就是说，方法在他这里，比结果更为重要。仅仅重在“认识事物的一种姿态”，而非寻求安慰。再说一遍，至少当初如此。

这些聪慧的人深层的亲缘关系，怎么能感觉不到呢？他们聚集在优选之地，痛苦从生而再无希望，怎么能看不出来呢？要么一切都给我解释清楚，否则免开尊口。面对这种心声，理性就无能为力。被这种要求唤醒的精神，不断探索，也只是发现矛盾和非理性。我不懂的东西，就没有道理。世界充斥着这些非理性的东西。单说这个世界，我不懂得它单一的含义，那它就是个非理性的大千世界。只要能讲上一次“这明明白白”，那么一切就会得救。谁知，这些人却竞相宣布：什么也不明确，一切都混乱不堪，人仅仅保留了自己明确的以及对围墙的真切认识。

所有这些体验不仅协调一致，而且相辅相成。精神探到边缘，就应当做出判断，选择结论。这便是自杀和答案的所在之地。不过，我要将探索的顺序颠倒一下，从精神探险出发，再回到日常的行为中。前面提到的体验是在荒漠中，还绝不能离开。至少应当了解，体验达到了什么地步。这样努力的结果，就是人迎面撞上非理性，内心不由得感到渴望幸福和理性。一边是人的呼唤，另一边是世界毫无理性的沉默，这两者对峙便产生了荒诞。这一点不应当忘记，必须紧紧抓住不放，因为由此就可能产生人生的各种后果。非理性、人的怀旧眷恋以及由这两者冲撞而产生的荒诞，这就是人生悲剧的三个特点，而人生悲剧，势必同一种生存成为可能的全部逻辑一起收场。

哲学式自杀

荒诞感并不因此就是荒诞的概念，荒诞感给这种概念打下基础，仅此而已。荒诞感无非是判断世界的那个瞬间，并没有将其概括成概念。前面的路还很长。荒诞感是鲜活的，也就是说要么自生自灭，要么风风火火往前闯。我们汇集的这些主题就是如此。再强调一遍，我所感兴趣的，绝不是一些著作或思想，因为要进行批评就必须换一种形式，换一个范畴，而是发现它们结论中的共同点。各种各样的思想，也许从来没有这么大的分歧。然而，他们激情游荡的那些精神景物，我们应该承认是相同的。再如，有多少天差地远的学科，沿各自的路线走到终点，也以同样的方式发出呼喊。大家明显感到，正如刚刚回顾的，那些思想处于相同的氛围环境。若说那种氛围环境害人性命，还真算不上玩弄文字。生活在令人窒息的天空下，迫使人要么离开，要么留下来。问题是要弄明白，在头一种情况下该如何离开，在第二种情况下又为什么留下来。我就是这样来确定自杀问题以及对存在主义哲学的结论可能产生的兴趣。

我要事先偏离一下正道。迄今为止，我们可能只是从外围来勾勒荒诞。然而，也可以考虑这个概念包含什么清晰的内容，力求通过直接分析，一方面找出这个概念的含义，另一方面也预见它所引起的后果。

假如我指控一个无辜者犯了滔天大罪，假如我硬对一个有品德的人说他贪恋亲妹妹的美色，对方就会回答我说这实在荒诞。这种愤慨的反应有其滑稽的一面，但是也自有其深刻的道理。这个有品德的人通过这种反驳，指明了我所指控他的行为同他终生信守的原则之间存在着不容置疑的二律背反。“实在荒诞”意味“这是不可能的”，而且也意味“这是矛盾的”。假如我看见一个人手持白刃，去攻击一伙架着好多机关枪的人，我就会断定他的行为是荒诞的。断定为荒诞，也仅仅根据他的意图和等待他的现实之间完全失衡，仅仅根据我在他的实力和设定的目标之间所抓住的矛盾。同样，我们认为一种判决是荒诞的，就是同表面上量刑适当的判决做了对比。还有，通过荒诞论证也是一样，用这种推理的后果，与人要创建的合乎逻辑的现实相比较。所有这些事例，从最简单到最复杂，随着我比较的诸项差距越扩大，荒诞性也就越强烈。有些婚姻是荒诞的，有些挑战、怨恨、沉默、战争，甚至有些和平也是荒诞的。这些当中无论哪一种，荒诞性都产生于比较。因此，我有理由讲，荒诞感并不产生于对一种事实或一种印象的简单考察，而应当是从一种事实状态跟某种现实，一种行为跟超越行为的世界比较中激发出来的。荒诞本质上是一种离异，并不存在于比较成分的任何一方，荒诞感产生于双方的对照。

从融合角度来看，我可以这么说，荒诞既不寓于人（如果这种隐喻能有意义的话），也不寓于世界，而在于两者的共同存在。荒诞一时间就成为联结人与世界的唯一纽带。假如我愿意停留在明显的事实上，我当然了解人需求什么，世界能给人什么，现在我可以说，我还了解是什么将两者融合起来。我就不需要再深挖了。对于探索的人，只确定这一点就足够了，问题仅仅在于要从中分析出全部后果来。

直接后果同时也是一种方法准则。离奇的三位一体[1]就这样揭示出来，绝非突然发现的美洲大陆。不过，这种三位一体也有与经验材料相通之处，既无比简单，同时又无比复杂。在这方面，它的头一个特点就是不可分割性。毁掉其中一项，就等于完全毁掉。离

① 三位一体是基督教的一种理念，指圣父、圣子和圣灵合为一体，称为上帝。——译者注

开人的思想，荒诞就不复存在了。因此，荒诞也跟万物一样，随着死亡一了百了。当然，离开这个世界，荒诞也同样不复存在。正是根据这个基本标准，我判断荒诞的概念是最重要的，可以位列我的第一真理。上面提及的方法准则，便在这里显现了。假如我判断一件事情是真的，我就应该维护它；假如我着手解决一个问题，那么至少我不能以解决为名，偷偷抽掉问题的某一项。对我而言，唯一的已知数是荒诞。问题在于了解如何走出荒诞，能否从这种荒诞中得出自杀的结论。我探索的第一个条件，其实也是唯一的条件，就是保留这种能压垮我的东西，从而尊重我认为是最主要的东西，即我刚才定义为一种对峙和一种无休止的斗争。

将这种荒诞的逻辑一直推演到终了，我应该承认，这种斗争意味着完全的无望（与绝望不可同日而语）、不断的拒绝（不可与放弃混为一谈），以及意识到的不满足感（也不可混同于青春的躁动不安）。凡是破除、规避或者贬损这些要求的企图（首先就是赞同消除离异），都要毁掉荒诞，贬低有可能提议的姿态。也只有在不赞同荒诞派的情况下，荒诞才有意义。

存在一种明显的事实，似乎纯属精神层面，就是一个人总是他认为的真理的猎物。人一旦确认了某些真理，就再也摆脱不掉了，总得付出点代价。一个人意识到了荒诞，便成为终身的羁绊。一个人没了希望，并且意识到了无望，就不再属于未来了。这是正常的。不过，同样正常的是，他力图逃脱他自己创造的一方天地。一切前提，仅仅在考量这种悖论时才有意义。那些从批评唯理主义出发的人，承认了荒诞的氛围环境，从这方面着手研究。看他们推演其后果的方式，可能比什么都更有教益。

然而，我若是坚守存在哲学，就会明白全部存在哲学——无一例外，都向我提议逃离。存在哲学的哲学家们，从理性废墟上的荒诞出发，在一个封闭的并限制人的世界里，运用一种奇特的推理，神化了压垮他们的东西，并在剥夺他们生存条件的环境中找到一种希望的理由。这种勉为其难的希望，在所有人那里都有宗教的本质，这是值得一提的。

我在这里作为例证，只想分析一下舍斯托夫和克尔恺郭尔的几个独特的主题。不过，雅斯贝尔斯能提供给我们一个典型事例，将这种论证姿态一直推导到漫画化的程度。余下的就会变得更为清楚。没人在意他无力实现超验性，也无法探测经验的深度，但意识到这个世界被失败搅得天翻地覆。他还要进取吗？或者至少从这种失败中得出结论？他没有带来任何新意。他在体验中毫无发现，只是承认自己的无可奈何，没有一点机会引出令人满意的原则。然而，他不经证实，就一股脑儿肯定了超验性、经验的存在和人生的超人意义，他写道："失败不是超越了一切解释和一切可能的说明，并非表现虚无，而是超验性的存在！"这种存在，通过人类信念的一种盲目行为，突然就解释了一切，还下了定义，称为"一般与特殊的难以设想的统一"。就这样，荒诞变成了神（就这个词的广义而言），而理解世界的这种无能为力，也变成了照亮万物的存在。在逻辑上，根本就引不出这种推理，我可以称之为跳跃。而且，反常的是，大家理解雅斯贝尔斯的这种执着、这种无限耐心，务使超验的经验无法实现而后快。因为，这种似是而非越是难以捕捉，对它的定义就越显得徒劳，而这种超验在他看来就越真实了。须知他在肯定这一点时所投入的激情，恰恰同他解释的能力和世界与经验的非理性之间的差距成正比。如此看来，雅斯贝尔斯特别激烈地摧毁理性的偏见，是因为他想更加彻底地解释世界。人类屈辱思想的这位使徒，就是要到极度的屈辱中，找出什么途径，能让人的生存彻彻底底地再生。

我们熟悉神秘思想，自然熟悉这种方法。这类方法同任何思想形态一样，都是正常的现象。不过，在眼下，我论述起来，就仿佛要很认真地对待某些问题。我并不预料这种态度有普遍价值，有教育的效能，仅仅想考量它能否符合我提出来的条件，是否同我感兴趣的冲突相匹配。我就此再来谈谈舍斯托夫。一位评论者引述了他的一段话，值得注意。舍斯托夫说道：“唯一真正的出路，恰恰就在人类判断没有出路的地方。否则的话，我们还需要上帝干什么？大家转向上帝，只为获取不可能得到的东西。至于办得到的事，有人就足够了。”[①]假如存在舍斯托夫哲学的话，那么我可以说，他的哲学就由这段话全部概括了。舍斯托夫满怀激情，分析到最后，却发现了一切存在的根本荒诞性，可是他不说“这就是荒诞”，而是说：“这就是上帝，还是信赖他为正理，即使这个上帝丝毫不符合我们理性的范畴。”为了避免混淆，这位俄国哲学家甚至暗示，这位上帝也许气量极小，面目可憎，既不可思议又矛盾重重，不过，他的相貌再怎么狰狞，也依然能显示出自身的威力。这个上帝的伟大，就在于他不合逻辑。他的证据就在于他的不通人情。他必须跳跃，通过这样跳空来摆脱理性的幻想。舍斯托夫就是这样，接受荒诞和荒诞本身是同时发生的。确认了荒诞，就是接受了荒诞。舍斯托夫思想的逻辑不遗余力，就是揭示荒诞，以便让荒诞带来的巨大希望同时涌现出来。[②]再说一遍，这种思想形态合情合理。不过，我在本文执意要考量唯一的问题及其全部后果，无意研究一种思想或者一种信仰行为的悲情。这种研究，我还有一生的时间。我

---

① 出自舍斯托夫的《钥匙的统治》。——原编者注

② 参看舍斯托夫的《钥匙的统治》。——原编者注

知道唯理主义者认为，舍斯托夫的态度实在令人恼火。可是我感到，舍斯托夫反对唯理主义者也有道理，而我只是想弄清楚，他是否始终遵奉荒诞的戒律。

然而，如果承认荒诞是希望的反面，那么就能看出，对舍斯托夫而言，存在哲学的思想是以荒诞为前提的，但是论证荒诞又只为消除荒诞。这种思想的精妙，恰似杂耍艺人的一种打动人的把戏。此外，舍斯托夫用他所谓的荒诞，对抗流行的道德与理性时，他就称之为真理和救世了。可见从根基上看，在荒诞的这种定义中，确有舍斯托夫的赞同。如果承认这种概念的全部效能寓于它冲击我们基本希望的方式中，如果我们感到荒诞为了存在而要求人绝不能认同，那么荒诞就失去了自己的真面目，失去了它那相对的人性，从而进入一种既不可理解又令人满意的永恒之中。荒诞如果存在，那就存在于人的世界中。荒诞的概念从转化为永恒跳板的那一刻起，就不再联结人的清醒认识了。荒诞不再是人确认而又不认同的这种明显事实了。回避了斗争，人融入荒诞，在这种融合中，抹去了自身的根本特征，即对立、撕裂和离异。这一跳空，就是一种逃避。舍斯托夫多么情愿引述哈姆雷特的“The time is out of joint”[1]，

① 英文，意为“时间脱节了”，引自《哈姆雷特》第一幕第五场。——译者注

他这样写下来，怀着多么强烈的希望，很可能认为这是特意给予他的。因为，哈姆雷特并没有此意，莎士比亚所写也不包含这层含义。非理性的陶醉，加之心醉神迷的使命，便使一种透亮的精神从荒诞中脱颖而出。在舍斯托夫看来，理性毫无意义，但是理性之外还有什么东西。对一种荒诞精神来说，理性毫无意义，理性之外什么也没有。

这一跳空，起码能让我们多少看清一点儿荒诞的本质。我们知道，只有在一种平衡中，荒诞才显示其价值，它首先是在比较中，而不是在比较的诸项里。舍斯托夫则不然，恰恰将荒诞的全部重量压到其中一项上，从而打破了平衡。我们对理解世界的巨大胃口，对绝对事物的眷恋，只有一种解释，恰恰就是我们能够理解并解释许多事物，完全否定理性并无意义。理性自有其程序，相当有效。理性也恰恰是人类体验的程序。正因为如此，我们什么都想弄得一清二楚。如果我们办不到，如果恰逢此时产生了荒诞，那也恰恰是这种有效而又有限的理性，同总是在不断再生的非理性相遇。舍斯托夫特别恼火，反对这类黑格尔式的命题："太阳系的运行遵循一成不变的法则，而这些法则便是太阳系的理性。"[①]他还投入全部

① 参看舍斯托夫的《钥匙的统治》。——原编者注

激情，拆毁斯宾诺莎的唯理主义，最终恰恰断定了全部理性的虚荣性。再通过自然而不合情理的反证，得出了非理性的优越性。[①]但是，这个过程并不明显。因而，局限的概念和范围的概念，在此就可以介入了。自然法则在一定限度里可能有效，超过限度就自我否定，催生了荒诞。或者，自然法则在描述方面，也可以自我证明合理，但并不因此表明在解释方面真实可靠。在这里，一切都为非理性让路，明晰的要求也隐退了，荒诞便随着它的比较诸项之一而消失了。反之，荒诞人却没有这样扯平。他还承认斗争，并不完全藐视理性，也接受非理性。他的审视就这样覆盖了经验的方方面面，不打算在了解这一切之前就跳过去。他仅仅知道在这样谨小慎微的意识中，已没有了希望的位置。

列夫·舍斯托夫著作中鲜明的论断，在克尔恺郭尔的著作中也许更为鲜明。自不待言，很难圈定一位如此逃避明显命题的作者。不过，有些文章尽管表面看来是对立的，可是越过化名、文字游戏和嬉笑，通观他的著作，还是觉察出仿佛出现预感（同时也有恐惧）：一个真理在他最后几部作品中终将闪亮登场。克尔恺郭尔也跳跃了。他童年多么惧怕基督教，最终却又趋向基督教那副最严峻

① 主要是指例外的概念，针对亚里士多德。——原编者注

的面孔。同样，在他看来，二律背反和反常现象，变成了信徒的准则。使他对人生的意义和深刻性产生绝望的东西，现在却将真理和敞亮赋予了他。基督教是会引起丑闻的，克尔恺郭尔直截了当要求的，正是依纳爵·罗耀拉[①]要求的第三种牺牲，是上帝最乐见的牺牲："智力的牺牲。"[②]跳空的这种效果很怪异，但是不应再让我们惊诧了。荒诞不过是人世经验的一种残渣，克尔恺郭尔竟把它转变为另一个世界的标准。克尔恺郭尔说道："从他的失败中，信徒发现了他的胜利。"

我无需深究这种态度紧密关联着什么振奋人心的预言，只想考虑一下荒诞的景观及其特性能否为它正名。在这点上，我知道不可能。重新审视荒诞的内容，就能更好理解启迪克尔恺郭尔的方法。在世界的非理性和荒诞反抗的眷恋之间，他没有保持平衡。他没有尊重平衡的关系，确切地说，正是这种关系，产生了荒诞感。逃不脱非理性是确信无疑的，那他至少可以逃离这种绝望的眷恋：在他

---

① 依纳爵·罗耀拉（1491—1556），天主教耶稣会的创始人，制定了三条戒律：穷苦、贞洁和绝对服从。——译者注

② 可以想到，我这里忽略了信仰这个根本问题。不过，我并不研究克尔恺郭尔或者舍斯托夫的哲学，也不研究下文提到的胡塞尔的哲学。（应当在另外的场合，以另外的精神形态进行研究，我只是借用他们的一个主题，研究其后果能否契合已经确定的规则，这里仅仅是固执己见。）——原编者注

看来，眷恋下去既无结果，也没有意义。可是，他的判断，如果在这一点上有道理的话，用到否定中就不见得对了。他那声反抗的呼喊，如果用狂热的参与替代的话，那他就受其导向，无视迄今一直照亮他的荒诞，还要神化非理性，此后那就是他唯一的坚信了。加利亚尼曾对德·埃皮奈夫人①说，重要的不是治愈，而是与疾病共存。②克尔恺郭尔想要治愈。治好疾病，是他狂热的意愿，贯穿他的全部日记。他不遗余力，就要逃脱人生状况的二律背反。他这种努力几乎到了气急败坏的程度，只因他在闪电的瞬间瞥见这种努力的虚幻。例如，他谈到自己时，就好像无论畏惧上帝还是虔诚，都不能给他的心灵带来安宁。他就是这样，通过一种扭曲变形的借口，赋予非理性以形象，赋予他的上帝以荒诞的特性：不公正、变化无常和不可理解。在他身上，唯独智力还试图扼制人心深切的要求。既然什么都没有证实，那么一切皆有可能。

正是克尔恺郭尔本人向我们透露了他所经之路。我在这里丝毫不想暗示什么，可是，在他的作品中，你难道就读不出他面对

① 加利亚尼（1728—1787），意大利外交家、经济学家和作家。他与法国文化贵妇德·埃皮奈夫人（1726—1783）互通大量信件。——译者注

② 这句话引自加利亚尼于1777年2月8日写给德·埃皮奈夫人的一封信。原话为："必须与疾病共存。问题是活着，而不是治愈。"——原编者注

荒诞，心灵几乎情愿受肢解的征象？这是《日记》中反复出现的主题：“我所欠缺的，正是兽性，其实兽性也是人类命定的一部分……不过，总得给我一个躯体吧。”再看下文：“噢！尤其我在少年时期，多么想成为男子汉，无论付出多大代价，哪怕只做六个月……说到底，我所欠缺的，就是一个躯体，以及生存的肉体条件。”[①]然而，在别的著作中，这个人将希望的呐喊当成自己的呼声：呐喊之声穿越多少世纪，激发多少人心，唯独荒诞人无动于衷。“其实，对基督徒来说，死亡绝不是一切的完结，死亡蕴含无穷无尽的希望，对我们来说，这是生命，甚至洋溢着健康与活力的生命也难包藏的。”[②]学习不好的榜样进行和解，总归还是和解。看得出来，这种和解也许能让人从希望的反面，即死亡中引出希望。不过，即使同情心令人倾向这种态度，那也得指出，突破限度证明不了什么。据说，这是超越人类的限度，因此就是超人的。按说，这“因此”一词就多余了。这里根本谈不上逻辑肯定，也绝谈不上经验的概率。我所能说的，无非是这确实超出我的尺度，即或从中引不出一种否定，至少我绝不愿以不可理解的见解为基础立论。我就是想了解，我有已知的条件，仅仅有这些条件能否活下

① 引自克尔恺郭尔《论绝望》。——原编者注

② 参看《论绝望》的导论。——原编者注

去。还有人对我说，在这个问题上，智力应当舍弃自傲，理性也应当低首下心。然而，我即使承认理性的局限，也不会因此就否定理性，总得承认它那些相对的效能。我只想坚持走这中间道路，而在这条路上，智力一直能明了透亮。如果说这就是它的自傲，那么我看不出有什么充分的理由放弃。克尔恺郭尔的见解无比深刻，例如，他认为绝望不是一种事实，而是一种状态：罪孽的原本状态。因为，罪孽就意味着背离上帝。荒诞，则是觉悟人的原本状态，并不通向上帝。[①]也许这种概念会更为明朗，假如我贸然用极荒唐的说法：荒诞，就是没有上帝状态下的罪孽。

这种荒诞状态，问题在于生活其中。我知道荒诞建立在什么基础之上：这种精神和这个世界彼此支撑，却又不能拥抱在一起。我探问这种状态的生活准则，得到的指点不但忽略这种基础，否认痛苦对立诸项中的一项，还忠告我务必放弃。我探问我自己的生活状况会带来什么后果，心里清楚这种状况意味着昏暗朦胧和蒙昧无知，而有人却明确告诉我，这种无知能解释一切，这种黑夜就是我的光明。然则，他们所答非我所问，这种激动人心的抒情难以向我掩饰反常的现象。因此，必须掉转方向。克尔恺郭尔可以大喊大

---

① 我没有说“排除上帝”，这仍可以理解为肯定。——作者原注

叫，发出警告："如果人没有永恒的意识，如果万物的底蕴只是一种沸腾的野蛮强力，在懵懂的狂热旋风中，制造着伟大和渺小混杂的万物，如果什么也填不满的无底虚无就隐藏在事物的下面，那么人生除了绝望，又能怎么样呢？"这声呼喊不足以阻挡荒诞人。探求真实的东西，并不是寻求渴望的东西。"人生又能怎么样呢？"如果为了摆脱这个令人惶恐的问题，就得像驴子那样用幻想的玫瑰花填饱肚子的话，那么荒诞精神则不然，它不肯满足于虚幻，毫不犹豫地宁愿接受克尔恺郭尔的回答："绝望。"经过全面考虑，一个坚定不移的灵魂，总能够闯出一条路来。

我在本文冒昧地把"哲学式自杀"称为存在形态。不过，这并不表明是一种判断，只是便宜行事，指认一种思想的运行：这种思想通过如此运行来自我否定，并在否定它的论断中再自我超越。对存在哲学家们来说，否定，就是他们的上帝。而这个上帝，恰恰通过否定人的理性才得以确立。[①]然而，诸神也同自杀一样，要随着人而变化。有好多种方式跳空，但关键在于跳跃。这些否定救世的思想，这些还未跳过就否认障碍的终极矛盾，既可以产生于（这是这种推理所针对的悖论）某种宗教的启示，也可以产生于理性的范畴，而且始终不渝地追求永恒，仅仅凭借这一点才实现跳跃。

① 再次说明，这是逻辑推理，而非质疑肯定上帝的观点。——作者原注

还必须指出，本论著进行的论证，全然不顾我们明智时代流行最广的精神形态；这种精神形态所依据的原则，就是一切都讲理性，都旨在解释世界。既然大家都认为世界就应该明明白白，那么自然而然要给一个明白的说法。这甚至是合情合理的，但是本文进行的论证对此并无兴趣。我们论证的目的，其实就是要阐明精神的行程，如何从世界无意义的哲学出发，最终为世界找到一种意义和一种深度。这些步骤中最牵动人心的一步，则具有宗教的本质，是在非理性主题中得以彰显出来的。不过，最反常的、最引人深思的一步，正是当初想象一个毫无主导原则的世界，现在却赋予它响当当的理由。不管怎样，这次新获得的恋世思想，如果不给它一个概念的话，那就很难论述我们感兴趣的后果了。

以下我只考量"意向"，这个主题是借胡塞尔和现象学家们之力时髦起来的。此前已见端倪。首先，胡塞尔的方法否定理性的传统论证。思想，不是一统天下，不是让表象以大原则的面目变得家喻户晓。思想，就是重新学会观察，就是引导自己的意识，将每个形象都变成一块福地。换言之，现象学不肯解释世界，只想成为过来人的一种描述。现象学最初断言根本没有真理，只有一些真相。从晚风到放在我肩上的这只手，每个事物各有其道理。正是意识关注了事物，才能阐明其道理。意识不去构成认识的对象，只是凝神专注，是一种注意观察的行为，借用柏格森[①]式的形象来说，就像一架投影机，突然打出一束光，投在一个形象上。差别就在于没有电影脚本，只是连续而不连贯的画面。在这盏神灯的光照中，所有形象都是优选的。意识在体验中，让它注意的对象处于悬浮状态，并且通过神奇效果，将其孤立起来。从这一刻起，这些物体就脱离所有判断了。正是这种“意向”彰显了意识的特征。但是，这个词丝毫不包含终极的概念，这里只取“方向”的含义，仅仅具有地形学上的价值。

乍一看，这其中似乎没有任何东西在反驳荒诞精神。思想仅限于描述而不解释世界的这种表面的谦虚、经验的极大丰富和世界在烦琐中再生，自愿遵循这种戒律，这些全是荒诞的步骤。至少粗略看来是如此。因为，无论在这种情况还是在别种情况下，思想方法总呈现两副面孔：一副心理面孔，另一副形而上面孔[②]，从而揭示两种真理。意向性的主题，如果只想阐明一种心理状态，并且通过心理状态耗尽而不是解释现实的话，那么的确，就没有什么可以

① 参看柏格森（法国哲学家，1859—1941）的《物质与记忆》第一章。——原编者注

② 甚至最严格的认识论，也都以形而上为前提，这种情况到了无以复加的程度，当代大部分思想家的形而上学，就只有一种认识论了。——作者原注

将现实和荒诞精神分开了。这个主题旨在计数它不能超验的事物，只想申明在根本没有统一的原则情况下，思想还是能够自得其乐，描述并理解经验的每一副面孔的。因此，这里涉及的每张面孔的真理，就属于心理范畴了。这种真理仅仅证明现实可能显示出的“意义”。这是一种方法，用以唤醒一个麻木的世界，并使之精神振奋起来。不过，这种真理的概念，如果有人想引申，并且合理地建立起来，如果有人以此断言，发现了每种认识对象的“本质”，那就是将深刻性归还给了经验。在一个具有荒诞精神的人看来，这是不可思议的。然而，正是从谦虚向自信的这种摆移，在意向形态中十分明显，而现象学思想的迷幻闪光，比任何别的东西都能更好地论证荒诞。

胡塞尔也谈论意向所揭示的“超时间本质”，让人以为听到了柏拉图的声音。不是用一种事物解释所有事物，而是用所有事物解释所有事物，我看不出这有什么差异。这些理念或者这些本质，固然是意识每次描述之后“推出来”的，作者还不想使之成为完美的模式，但是肯定它们直接出现在认知的各种材料中，再也没有能解释一切的唯一理念了，只有赋予无限对象以一种意义的无限本质。世界静止不动了，可是也明晰了。柏拉图的现实主义变为直观直觉了，但总归还是现实主义。克尔恺郭尔陷入了他那上帝的深渊，巴门尼德则将思想推入单一中。而在这里，思想又投入一种抽象的多神论里。更有甚者，幻觉和虚构也成为“超时间本质”的一部分。在理念的新世界里，希腊神话中的怪物半人半马族群，可以同谦逊的主教族群合作共事了。

荒诞人则认为，世界上所有面孔都是优选的，在这种纯心理见解中，同时有一种真理和一种酸楚。一切都是优选，就等于说一切都是半斤八两。这种真理的形而上表象把荒诞人引得太远，他出于自然的反应，就感到也许更靠近柏拉图了。不错，就是有人教导他说，任何形象都意味着同样优选的本质。在这不分等级的理想世界中，形式上的军队只由将军组成。毫无疑问，超验性早已被取消了。然而，思想的一个急转弯，又将一种残缺的内在性引进这个世界，而这种内在性便恢复了宇宙的深度。

这一主题，创造者们处理得更为谨慎，而我在论述中，该不该担心走得太远呢？我只需读读胡塞尔的这些论断，表面看来是悖论，但是感觉得出逻辑严谨。他论述道：“是真实的，本身就绝对真实；真理是单一的，与其本身相吻合，不管感知者是什么生灵，无论人、怪物、天使还是诸神。”[1]至尊的理性大获全胜，通过这

---

① 出自胡塞尔的《逻辑研究》第一卷。——原编者注

种声音四处传扬，这一点我不否认。可是，他这种断言，在荒诞世界中究竟意味着什么呢？一位天使或一尊神的感知，对我并没有意义。神的理性核准我的理性，对于这种轨迹，我永远也理解不了。我看出，这又是一次跳空，虽然是在抽象中进行的，但是对我来说，这跳空仍然意味着忘掉我恰恰不愿忘掉的方面。胡塞尔在下文又高调写道："受地心引力牵制的所有物体即使全部消失，引力的法则也并不会因此而遭损，只是闲置起来，不再被应用了。"我知道了，我面对的乃是一种慰藉的形而上学。我若是想发现思想离开明显事实的拐弯处，只需重读胡塞尔论述精神时所进行的这种平行论证："精神程序的确切法则，如果我们能清晰地观照的话，就能看出其永恒不变性，一如理论自然科学的基本法则。可见，即使毫无精神程序，这些法则也照样有效。"即使精神不存在了，精神法则还会存留！于是我恍然大悟，胡塞尔要将一种心理真实，强硬地变成一条理性准则：他否认人类理性的容纳能力之后，却这样腾挪一跳，便进入至尊的永恒理性。

这样一来，胡塞尔的"具体宇宙"的主题，就不足以让我惊诧了。对我而言并非所有本质都是形式的，但有些是物质的，前者是逻辑的对象，后者是科学的对象，这仅仅是个定义的问题。有人明确对我说，抽象仅仅指明一个具体宇宙本身并不稳定的一部分，可是，已经显露的摆移倒能让我澄清这些含混的术语。因为，这可以表明我注意的具体对象，这天空、映在大衣衣襟上的水影，只为自身保留了现实的魅力，由我的兴趣从世界中分离出来。这我并不否认。可是，这也同样表明，这件大衣本身自成宇宙，有其充分而特殊的本质，属于形式世界。于是我明白了，它们仅仅调换了程序的先后。这个世界在上天再也没有映像了，但是形式的天空却跻身大地万象中了。对我来说，这丝毫没有改变什么。我在这里找到的，绝非那种对具体的喜好、人生状况的意义，而是一种智力主义，相当有恃无恐，要将它自身的具体普遍化。

这种表面的反常现象，大可不必诧为奇事，无非是通过屈辱的理性和张扬的理性这两条相反的路，将思想引向自我否定。从胡塞尔的抽象上帝，到克尔恺郭尔的闪亮上帝，两者之间的距离并没有那么大。理性和非理性殊途同归，达到同样的说教。这表明什么路，其实并不重要，有一往无前的意志，便什么都能到达。抽象哲学家和宗教哲学家出发时都同样慌不择路，在同样的惶恐状态中相互支持，但是，关键还在于如何解释。在这里，怀恋比科学力量强大。意味深长的是，当代思想最相信一种主张世界无意义的哲学，同时又在这种哲学的结论中最受折磨。当代思想不断地摇来摆去，一边是现实的极端理性化，势欲将现实拆分成理性典型；另一边则是现实的极端非理性化，势欲将现实神化。不过，这种分离只是表面现象。问题在于相互和解，双方都好办，一个跳跃就行了。一直有个错误的认识，以为理性的概念是单向的。其实，理性的概念不管多么雄心勃勃、不可一世，在灵活机动方面，也并不强于别的概念。理性有一副十足的人情之面，可也善于转向神明。普罗提诺[①]率先将理性同永恒的氛围协调一致，从那以后，理性就学会了摆脱它最珍视的原则——矛盾，以便采纳最奇特的原则，即十分神奇的参与原则。[②]理性成为思想的工具，而非思想本身了。一个人的思想，首先就是恋世。

理性安抚了普罗提诺式的忧郁，也同样给予现代焦虑以手段，在永恒的熟悉的背景环境中平静下来。荒诞精神运气就差些了。对荒诞精神而言，世界既不那么合理，也不那么非理性。世界是不可理喻的，也只能这么说。到了胡塞尔那里，终于打破了界限。反之，荒诞

① 普罗提诺（205—270），古罗马亚历山大－罗马学派哲学家。他的新柏拉图主义哲学对教父哲学影响很大。——译者注

② A. 当时，理性要么权变适应，要么死去。理性适应了。有了普罗提诺，理性就从逻辑变为美学，比喻取代了三段论。B. 况且，这不是普罗提诺对现象学的唯一贡献。这种形态，已经完全包含在这位亚历山大－罗马学派哲学家十分珍视的观念中了，因而这不仅是一种世人的观念，也是一种苏格拉底的观念了。——作者原注

则确定其界限，只因理性无力平息它的焦虑。另外，克尔恺郭尔断定，只用一种界限就足以否定理性。但是，荒诞走不了那么远。克尔恺郭尔认为，这种界限仅仅针对理性膨胀的野心。非理性主题，正如存在哲学家们所设计的那样，就是陷入混乱的理性，自我解脱而又自我否定的理性。荒诞，则是清醒的理性，确认了自己的局限性。

荒诞人在这条艰难的路上走到尽头，认出了自己真正的理性依据。比较他深度的要求和别人向他建议的情况，他蓦然感到自己该转身了。在胡塞尔的宇宙中，世界清晰起来，人耿耿于怀的对熟知事物的眷恋，也就变得无用了。克尔恺郭尔在世界末日论中，如果想得到满意的结果，他就不得不放弃这种明晰的渴求。罪孽主要不在于认知（照这么说，人人都是无辜的），而在于求知。这恰恰是荒诞人感到既能转为自己有罪，又能化作自己无辜的唯一罪孽。有人向他建议这样一种结局：过去所有矛盾都不过是论战游戏罢了。然而，荒诞人当初遭遇种种矛盾，并不是这种感觉。荒诞人必须保存矛盾根本没有得以圆满解决的真相，不要听说教。

我的论证受明显事实的启发，就要忠实于明显的事实。这种明显的事实，就是荒诞。就是渴望的精神和令人失望的世界之间的分离，就是我对一致性的怀恋，就是这个四分五裂的宇宙，就是把这一切联结起来的矛盾。克尔恺郭尔消除了我这种怀恋，而胡塞尔重又收拾起这个破碎的宇宙。但这并不是我所期待的。问题在于同这种撕裂一起生活和思考，在于弄清楚应当接受还是拒绝。问题不可能是要掩饰明显的事实，要否定荒诞方程式中的一项，从而就取消荒诞。必须弄明白人能否活在荒诞中，逻辑是否要求人因荒诞而死。我感兴趣的不是哲学式自杀，而是真正的自杀。我只想清理自杀的情感因素，了解自杀的逻辑及其诚实性。对荒诞精神来说，采取任何别种态度都意味着回避，意味着精神面对自己揭示的情景退却了。胡塞尔谈到要顺从摆脱积习的渴望，摆脱"在已经熟知的、方便的条件下生活与思考的旧习"，但是在他的作品中，最终一跳为我们恢复了永恒和安逸。这一跳，并不像克尔恺郭尔所希望的那样，会有极大的危险。正相反，危险却在纵身之前的那个微妙瞬间。在那目眩的山脊上力求站稳[①]，这便是诚实性，其余的全是托词。我也同样知晓，无能为力所引起的和谐，从来没有像在克尔恺郭尔作品中那样动人。不过，在与历史无关的景物中，如果也有无能为力的位置，那么在这样一种严苛的论证中，无能为力是难以找到自己的位置的。

---

① 参看胡塞尔的《笛卡尔式的沉思》引言部分。——原编者注

荒诞的自由

现在，主旨已定。我掌握着一些明显事实，不愿放手。我所知道的，确定无疑的，我不能否认的，我也不能丢弃，这就是主要的。我赖以不确定的怀恋为生的那部分自我，我可以完全否定，只保留这种对统一性的渴求，这种解决问题的欲望，这种对明晰和逻辑缜密的苛求。在这个包围我、撞击我并裹挟我的世界里，我可以摈斥一切，但是除开这种混沌、这种机缘巧合、这种产生了混乱的神的等次，我不知道是否有一种超越这个世界的意义，但是知道我不了解，目前也不可能了解这种意义。在我的生活状况之外的意义，对我又有什么意义呢？只有通过人的话语，我才能够理解。我触摸到的，对我产生反抗力的，这些我都能理解。而这两种确定无疑的状况：我对绝对和统一性的渴求，以及这个世界在一项理性的、合理的原则上不可复归性，我也知道我无法调和。如果不说谎，如果不抱着我没有的、在我有限的生存条件中毫无意义的希望，我还能找出别的什么真理呢？

假如我是林木中的一棵树、动物中的一只猫，那种生活也许有某种意义，抑或说，根本就不存在这个假设，因为我属于这个世界。也许我就是这个世界，我却要以自己的全部意识、对熟识事物的全部要求来与这个世界对立起来。不管多么可笑，也正是这种理由将我置于世间万物的对立面。我不能将这种理由一笔勾销。我认为是真实的东西，就必须牢牢把握住。在我看来特别明显的事物，即使与我相左，我也应该支持。这种冲突的根底，世界和我的思想之间的这种断裂的根底，如果不是我有所反应的意识，那又该是什么呢？如果说我想把持住，那也得依赖一种始终持续的、不断更新的、一直紧绷的意识。这就是当下我必须牢牢记住的。荒诞，这时候既十分明显，又特别难以降伏，它又回到一个人的生活中，重又找到自己的家园。还是这时候，精神可以离开人清醒努力之路，而这种干旱的不毛之路，现在通往了日常生活，又重游无名氏的世界。然而，人也回到这个世界，从此却随身携带着反抗之心和洞察之力了。人曾经沦陷，不再抱有希望了。这座现实的地狱，终于成为人的王国。所有问题，重又锋芒毕露。抽象的明显事实，面对形式和色彩的抒情退却了。精神的冲突，都具象表现出来，重又在人心找到既可悲又堂皇的庇护所。什么冲突都没有解决，可是又全部改观了。人要死去吗，要纵身一跳逃脱吗，要按照自身的尺度再造一座思想和形式的房子吗？还是相反，把赌注下到荒诞上，进行一场揪心的豪赌呢？在这方面，我们要最后努力一下，然后接受我们的全部后果。躯体、温情、创造、行动、人的高尚情怀，在这无厘头的世界中，又将各就各位了。人在这世上，又终将尝到荒诞的美酒和冷漠的面包：人正是以此滋养自身的伟大。

我们还应强调方法：贵在坚持。荒诞人走到途中的某个阶段，就要受到诱惑。历史即使没有神灵，也不乏宗教和先知。有人要荒诞人纵身一跳，荒诞人所能回答的，无非是他不大理解，事情并不一目了然，而他只想做他完全理解的事。别人却明白地告诉他，这样的高傲是罪过，可是他不懂这种罪过的概念；别人还告诉他地狱也许就在尽头，可是他没有丰富的想象力，描绘不出这种怪异的前途是什么景象；别人还告诉他将要丧失永生，可是他觉得永生毫无意义。有人想让他承认他有罪，他却感到自己是清白的。老实说，他只感觉他的清白是无法弥补的。正因为清白，他才敢作敢为。因此，他对自身的要求，就是只同他了解的事物一起生活，处理好存在的事物，绝不让不确定的东西掺和进来。别人回答他说，什么也不能确定。可是，至少这一点是确定的。那他就同这种确定打交道：他要弄清楚，能否义无反顾地生活。

现在，我可以谈谈自杀的概念了。已经感觉到可能给出什么答案，以致问题被颠倒了。谈自杀之前，先得了解，人生是否有意义，是否值得一过。在这里似乎正相反：人生正因为没有意义而更值得一过。人生经历一种体验，遭遇一种命运，就是完全接受。然而，假如知道这命运是荒诞的，人就不会去经历了，除非自己千方百计，要把意识认清的这种荒诞保持在面前。否定荒诞赖以生存的对立项中的一项，就是逃避荒诞。取缔有意识的反抗，也就是回避问题。持续革命的主题，就这样转移到个人体验中了。生存，就是让荒诞随之生存。让荒诞生存，首先就是正视荒诞。同欧律狄刻[①]相反，荒诞只有当人背离它时才会死去。因此，唯一前后一致的哲学立场之一，就是反抗。反抗，就是人同自己的茫然、不解进行永恒的对抗。反抗的要求，是一种不可能达到的透明。反抗，即时时刻刻都质疑世界。危险向人提供抓住反抗的不可替代的时机，同样，形而上的反抗也把意识贯穿于经验的始终。反抗，就是人时时刻刻面对自身。

---

① 色雷斯的诗人、歌手俄耳甫斯去阴间，寻找死去的妻子欧律狄刻，用琴声打动了冥后珀耳塞福涅。冥后答应放欧律狄刻回人间，但是有个条件：途中不准回头看他妻子。俄耳甫斯快走到地面时，回头想看看妻子是否跟在身后，结果欧律狄刻又消失了。本文荒诞与欧律狄刻相反，正视才存在。——译者注

反抗不是憧憬，反抗不抱希望。这种反抗，仅仅是确认一种不可抗拒的命运，但是缺少本应伴随这种确认的听天由命。

也正是在这里，能看到荒诞的经验离自杀有多远。可能有人以为，自杀紧随着反抗，其实不然。因为，自杀并不表明反抗的逻辑结局。自杀因意味着首肯，恰恰同反抗背道而驰。自杀，同跳跃一样，接受了自己的局限性。真是尽善尽美，人又回归其本质的历史。人看清了未来，可怕的唯一未来，并且直奔而去。自杀以其方式解决了荒诞，将荒诞拖进同样的死亡。然而我知道，荒诞虽然保持原状，却不可能得到解决。荒诞在同时意识到并拒绝死亡的情况下，就逃脱了自杀。荒诞在死囚最后思想的极端，正是那根鞋带，他就站在令人眩晕的沉沦的边缘，却不顾一切，只瞧见近在咫尺的那根鞋带。自杀者的反面，恰恰是那个死刑犯。

这种反抗将自身的价值给予人生。反抗贯穿人生的始末，恢复了生存的伟大。在一个视野开阔的人看来，智力同超越它的现实搏斗的情景，比什么景象都更为壮观。[①]人类自豪的景观，是无与伦

① 参看塞涅卡《论天命》（又译《论神意》）第二章第七节。塞涅卡（约前 4—65），古罗马哲学家、悲剧作家、政治家，罗马学术界的领袖人物。曾任罗马执政官，组成权力集团，还担任皇储尼禄的教师。余年著述颇丰，传世的有《安慰》《论智者不惑》《论宽恕》《论道德》等。——译者注

比的，任何贬损都奈何不得。精神给自己规定的这种戒律、经过千锤百炼的这种意志、这种直面相对，总有某种强大而奇异的东西。现实的非理性造就人的伟大，削减这种现实，就使人自身贫乏。于是我明白了，那些学说向我解释一切的同时，为什么又让我衰弱了。那些学说从我身上卸下生活的重负，而这本应由我一力承担。在这转折点上，我不能设想一种形而上的怀疑论会与一种弃世的道德结为同盟。

意识和反抗，这类拒绝与弃世背道而驰。人心中一切难以克制的、激情澎湃的力量，无不激励意识和反抗同他的生活较劲。死也不会和解，也绝不会甘愿自杀，自杀就是一种无知。荒诞人只能穷尽一切，并且耗尽自己。荒诞使他极度紧张，而他独自努力，保持紧张。因为他知道，在这种日复一日的意识和反抗中，他证明着他的唯一真理，即挑战。这就是首要后果。

如果我坚持这种深思熟虑的立场，由一种显见的概念引出所有后果（仅仅是后果），那么我又面临第二个反常现象。我若是固守这种方法，那就跟形而上的自由问题沾不上边了。我没有兴趣了解人是否自由，只能体验本身的自由，据此也就得不出一般概念，只有几点明确的想法。“自在自由”的问题并无意义，因为它以完全不同的方式与上帝的问题相连接，要了解人是否自由，就势必了解人是否有个“主人”。这个问题的特殊荒诞性是概念本身造成的：概念使自由的问题成为可能的同时，又抽掉了自由的全部意义。须知面对上帝，邪恶的问题远胜过自由的问题。大家知道这需要抉择：要么我们不是自由的，从而万能的上帝就为邪恶负责；要么我们是自由的，并负有责任，从而上帝就不是万能的了。历来各个学派的精妙论著对这种悖论的不容置辩性，既没有增添，也没有缩减一丝一毫。

正因为如此，我不能激扬或者简单下定义，在概念中纠缠，而一种概念从超出我个人的经验那一刻起，就逃脱我的掌握，也丧失其意义了。我不能理解一个高级的生灵给予我的自由会是什么东西，我已经丧失了等级观念。我所能有的自由观，就好比囚徒或者国家中的现代个人的自由观。我唯一熟识的自由，就是思想和行为的自由。如果说荒诞完全打消了我获取永恒自由的可能性，它反而还给我自由，并激发我的行动自由。剥夺了希望和未来，倒意味着增加了人的不受约束性。

平常的人碰到荒诞之前，生活还有些目的，思虑未来，总想证实什么（至于什么人或什么事，倒也无所谓）。他在估量自己的运气，指望以后如何如何，指望退休生活或子女工作，他还相信自己的生活能有起色。他的所作所为，还真像个自由人，即使所有事实都争相驳斥这种自由。碰到荒诞之后，什么都动摇了。“我在”的想法、仿佛什么都有意义的做法（即使有机会我就讲什么都没意义），除了一种可能死亡的荒诞性，这一切都轰然倒塌了。考虑来日，确定个目标，有所偏好，这一切表明还相信有自由，即使有时候着实感觉不到。在这种时候，我就完全知道，唯独能创立真理的那种“存在”的自由，那种超人的自由，根本不存在。死亡赫然在目，宛若唯一的现实。人一死，什么都结束了。我同样没有永生的自由，而是奴隶，尤其是不肯求助于藐视，无望永恒革命的奴隶。而谁能不革命，不持藐视的态度，始终当奴隶呢？没有永恒做保障，能存在什么充分意义的自由呢？

不过，与此同时，荒诞人也明白，迄今为止，他一直与自由的公设连在一起，而这公设却是建立在他赖以生存的幻想之上的。从某种意义上看，这成为他的羁绊。在他想象出一种生活目的的情况下，他还是迎合了一种能达到目标的要求，因而变成他那自由的奴隶。这样，我别无他法，就只能准备成为家长（或者工程师，或者民众的领导者，或者邮电局的临时雇员）。我以为自己能选择成为什么样子，而不是另一种样子。不错，我是下意识这样认为的。但是与此同时，我却坚持这种公设，认同我周围的人相信的事，认同我的人文环境的偏见。（其他人那么确信是自由的，而那种开朗情绪又那么具有感染力！）对任何道德的或社会的偏见，不管能保持多远的距离，总要受到一部分影响，甚至还得调整自己的生活，去适应其中优质的成见（成见亦有好坏之分）。荒诞人就这样明白了，他并不是真的自由了。明确说来，我抱有希望，关注我特有的真相，关注生存和创作的方式，总之，我安排自己的生活，从而证明我能接受生活有意义，在这种情况下，我自设藩篱，限制了自己的生活。我的所作所为，无异于许许多多精神上和心灵上的公务员：他们只能引起我的厌恶，而现在的我也看清楚了，他们没干别的什么，只是把人的自由当一回事。

荒诞是在这一点上启迪了我：人没有未来。从今往后，这就是我的深度自由的缘由。我这里要做两种对比，首先是神秘主义者，他们发现一种可以拿来为己所用的自由，自由地沉溺于他们的神祇，自由地遵奉神的戒律，他们也就秘密地获得了自由。他们在自发同意的奴隶状态中获取了一种深度的独立。然而，这种自由意味着什么呢？可以这么说，他们面对自身，“感到”自己自由了，但又不那么自由，特别不像获得解放那样。同样，荒诞人完全转向死亡（这里取极明显的荒诞性之意），便感到如释重负，只余凝结在他身上的热切的关注，可以无所顾忌了，他体味到一种超越通行规则的自由。从这里可以看出，存在哲学的立题，保存了全部主题的价值。回归意识，逃脱日常的沉睡，这具体表明了荒诞的自由最初的活动。不过，受到诟病的是存在哲学的说教，以及伴随说教的这种精神跳跃，其实就是逃脱意识。同样（这是我的第二种比较），古代奴隶不属于自己，但是他们体验到这种自由，即毫无责任感。[①]死亡也一样，那双手握有生杀大权，既可将人置于死地，又可使人解脱。

深深坠入这种无底的确信中，从此对自己的生活感到相当陌生，没有情人那种短视的目光，不再用心扩展生活，走完人生旅程，这其中就有一种解放的原则。如同任何行动的自由，这种新的独立性也终结了，开不出永恒的支票，但是替代了“自由”的幻想，而这些幻想随着死亡也一起止步。一天凌晨，死囚面对打开的重重牢门，他显现出神圣的不可约束性，除了生命的纯粹火焰，一切都置之度外。这种难以置信的超脱以及死亡和荒诞使我们感到，这正是唯一合乎情理的自由原则：人心能体会和经历的自由，这是第二种后果。荒诞人从中隐约看见一个火热而冰冷、透明而有限的一方天地，里面一切都已定型，再也没有什么可为了，而过了这方

---

① 这里指的是一种事实比较，而非赞赏屈辱。荒诞之人乃是迁就生活之人的反面。——作者原注

天地，就是天塌地陷和虚无了。到这时候，荒诞人就可以决定接受在这方天地里生存，从中汲取自己的力量，汲取不抱希望的态度以及没有慰藉的生活执着的见证。

在这样的天地里生活，又意味着什么呢？目前也无非是对未来的冷漠以及耗尽现有的一切的那股激情。相信生活有意义，总表明一种价值差异、一种选择、我们的各种偏好。相信荒诞，根据我们的定义，则是相反的教导。而且这值得一谈。

了解人能否义无反顾地生活，我只对这一点感兴趣，丝毫也不想离开这个话题。规定给我的生活的这副面孔，我适应得了吗？这样，面对这种特殊的思虑，相信荒诞，又等于用经验的数量取代经验的质量。假如我确信这种生活只有荒诞这一张面孔，假如我体会到生活的平衡完全取决于我有意识的反抗与生活挣扎的晦暗这种永恒的对应，假如我承认我的自由，只是与其有限的命运相关联时才有意义，那么我就应该说，重要的不是生活得最和睦，而是生活得最充实。我无须探求这样是庸俗还是令人作呕，是漂亮还是令人遗憾。在这里，价值判断彻底排除了，只以事实来判断了。我只需从我亲眼所见得出结论，绝不盲目提出任何假设的东西。假使这样的生活不够诚实，那么是真正的诚实要求我不必诚实。

生活得最充实，从广义上讲，这条生活准则毫无意义，必须解释清楚。首先，对数量的概念，似乎挖掘得还不够。只因数量的概念能体现人类经验的一大部分。一个人的道德、价值等级，只有统观他积累的经验的数量和种类才有意义。然而，现代生活条件将同样数量的经验，也就是同样深刻的经验，强加给了绝大部分人。自不待言，还必须考量个人自发的投入，即他身上特定的成分。不过，对此我不能判断，再说一遍，我在本文的准则，就是查清直接的明显事实。我这才看出，一种共同道德的特点，主要不是寓于激励道德的那些原则的理想重要性中，而是寓于可以归类的一种经验的标准里。说得牵强一点儿，古希腊人自有他们娱乐的道德，正如我们实行八小时工作制的道德。不过，已经有许多人，包括境况最悲惨的人，让我们预感到一种漫长的经验将会改变这张价值表。他们让我们联想到，日常生活中我们就像个冒险家，仅仅靠经验的数量就能打破所有纪录（我特意采用这个体育术语），从而赢得自己的道德。[1]我们还是抛开浪漫主义的论述，只求证这种态度，

---

① 数量有时产生质量。按照科学理论的最新成果，任何物质都是由一些能量中心构成的。能量中心数量存在多寡，也就形成或多或少的物质的特殊性。十亿离子同一个离子的差异，不仅是在数量上，而且在质量上。在人类经验中很容易找到类似情况。——作者原注

对一个决意打赌，严格遵守他认可的规则的人来说，究竟能意味着什么。

打破所有纪录，这首先而且仅仅表明，尽可能地直面世界。不闹矛盾，不搞文字游戏，这怎么能办得到呢？因为，荒诞一方面强调所有经验都是无所谓的，另一方面又敦促人积累经验，越多越善。既然如此，又怎么能不像上述大多数人那样，选择这种人文尽可能给我们带来的生活方式，从而引进本打算摈弃的一种价值等级呢？

然而，最终还是荒诞及其矛盾的生活能给我们教益。因为谬误在于认为经验的数量取决于我们的生活环境，其实仅仅取决于我们本身。这里不妨简而言之。有两个人，寿命相同，世界也总是提供等量的经验。这要看我们意识如何了。感受自己的生活、自己的反抗、自己的自由，而且这样的感受多多益善，这就是生活，最大限度的生活。在清醒主宰的地方，价值等级就失去效用了。再简单一些，说到唯一的障碍，唯一“错过赌赢的机会”，就是由早夭构成的。我们在这里提出的天地，只因与死亡这个恒定的例外相对立，才得以生存。因此，任何深度、任何感动、任何激情、任何牺牲，在荒诞人看来（即使他期望如此也不行），也不可能使四十年有意识的生活，等同于持续六十年的清醒。[1]疯狂和死亡，这是荒诞人无可挽回的事情。人是不能选择的。荒诞及其包含的生活的增量，“也不取决于人的意志”，而是取决于其反面，即死亡。[2]仔细掂量掂量的话，这里只关系到一个机会的问题，一定得择机而行。二十年的生活和经验，永远是无可替代的。

像希腊人如此老练的民族，也有一种离谱的轻率，竟然认为年轻人早夭必是受到神的宠爱。果真如此的话，那就只能承认，进入诸神的可笑世界，就等于永远丧失最纯洁的快乐，即感受在人世的快乐。向着始终保持意识的灵魂，日复一日，这才是荒诞人的理想。但是，这里所说的“理想”一词，还保持着一种假声调。甚至谈不上他的使命，而仅仅是他推理的第三种后果。关于荒诞的思索，从一种不合人情的惶恐的意识出发，在人反抗的激情烈焰中行

---

① 亦可同样思考虚无观这样一个差异很大的概念，丝毫也不增减真实的成分。在虚无的心理经验中，也是考虑两千年以后会发生的事，我们自己的虚无才真正有了意义。虚无从某一方面看，不会是我们的当下，而是由我们的未来生活的总和构成的。——作者原注

② 意志在这里只是代理者，它倾向于维系意识。它还提供一种生活自律，这是值得赞赏的。——作者原注

进之后，又回到了终点。①

综上所述，我从荒诞得出三种后果，即我的反抗、我的自由和我的激情。我仅凭意识的手段，就把邀人死亡的观念变为生活的准则——而且我也拒绝自杀。我当然熟悉隐隐的回声，贯穿这些岁月。但是，我只想讲一句话：因为这是必不可少的。尼采这样写道："显而易见，天和地的大趋势，就是长期地顺应同一个方向：久而久之，便产生了某种东西，值得为之在这片大地上生活，诸如美德、艺术、音乐、舞蹈、理性、精神，就是某种移风易俗的东西，某种高雅的、疯狂的或者神圣的东西。"这段话说明一种气度恢宏的道德准则，但是也指出了荒诞人的道路。顺应火热的激情，这最容易同时又最难。不过，人同困难较量，有时也好评价自己。这事儿唯独自己能办得到。

---

① 重要的是前后一致。这里的出发点，是与世界达成的共识。东方思想教导说，选择与世界对立，也可以进行同样的逻辑思辨。这也合乎情理，并给本论著指出前景与局限。但是，同时一丝不苟地否定世界的时候，往往能得出与吠檀多学派（古印度哲学学派）类似的结果，譬如事业上的冷漠性。让·格勒尼埃在一本重要著作《抉择》中，以这种方式创建了一个真正的"冷漠哲学"。——作者原注

阿兰说道："祈祷，就是黑夜光顾思想。"[①]神秘主义者和存在哲学家则回答："然而，思想必须与黑夜会合。"诚然如此，那也不是合上眼睛，仅凭人的意志产生的黑夜——不是那种精神幻生而欲迷失其中的黝黯闭合之夜。如果思想必定遇到一夜，那也应当是保持清醒的绝望之夜，应当是极地之夜、精神的不眠之夜。夜色中也许会升起纯净的白光，在智慧的光亮中显出每个物体的轮廓。到了这种境界，等值就与激情的理解遇合了，甚至无须再提评价存在中的跳跃问题了。思想在人类形态的古老画卷中，就重获自己的地位了。在旁观者看来，这一跳跃，即便有意为之，仍然是荒诞的。思想自以为能解决这种悖论，反而使之完全恢复原状了。照此情由，思想是动人心弦的；照此情由，一切都复归原位，荒诞世界也重生，尽显其壮丽辉煌和纷繁多样。

然而，中途停顿就糟糕了，很难满足于一种观察方式，也很难满足于自废矛盾——矛盾，也许是所有精神形态中最精微奥妙的形态。以上所述，只为明确一种思想方法。现在，就该谈谈生活了。

---

① 阿兰（1868—1951），法国著名哲学家、作家。这句话引自他的《观念与时代》第一卷。——原编者注

荒诞人

被剥夺了希望，不等于绝望，
大地的火焰完全抵得上天国的芳香。

荒诞人

假如斯塔夫罗金信教，那他也不相信他信教。假如他不信教，那他也不相信他不信教。

——《群魔》[1]

歌德说："我的地盘，就是我的时间。"这真是荒诞的警语。荒诞人究竟是什么呢？就是毫不否认，不为永恒做任何事的人。并不是说怀旧对他来说是陌生之物，但是他偏爱自己的勇气和自己的推理。勇气教他义无反顾地生活，满足于现有的东西；推理则让他明白自己的局限。他确认了自己有期限的自由、没有前途的反抗以及会消亡的意识，以便在他活着期间继续他的冒险。这就是他的

① 出自陀思妥耶夫斯基《群魔》第二部第六章。加缪曾将这部长篇小说改编成剧本，可见他对这部作品的激赏。——译者注

地盘，这就是他的行动，排除一切判断，只保留自主判断的行动。对他而言，一种更加伟大的生活，并不意味着另一种生活，否则就不诚实了。我在这里甚至不提称之为后世的那种可笑的永恒。罗兰夫人[①]寄希望于永恒。如此失慎得到了教训。后世倒乐得引用这个词，但是忽略了加以判断。罗兰夫人于后世漠不相关。

也不可能论述什么道德问题。我见过一些人极讲道德而行为不端，我也天天能观察到，为人诚实并不需要准则。只有一种道德，荒诞人能认可，那就是不离开上帝的道德，即自律的道德。然而，荒诞人恰恰生活在上帝的治外。至于其他道德（也包括非道德主义），荒诞人从中只看出申辩，而他没有什么要辩白的。这里我以他的无辜原则为出发点。

这种无辜十分骇人。“可以为所欲为！”伊凡·卡拉马佐夫[②]嚷道。这同样有荒诞的味道，但条件是不要庸俗地理解。我不知道是否有人看出门道：那不是一声解脱的欢叫，而是一种酸楚的确认。

---

① 罗兰夫人（1754—1793），法国大革命时吉伦特派的代表人物。雅各宾派掌权时将她逮捕。1793年11月8日，罗兰夫人连同一批吉伦特派活跃分子被革命法庭判处绞刑。——译者注

② 伊凡·卡拉马佐夫是俄国作家陀思妥耶夫斯基创作的《卡拉马佐夫兄弟》中的主人公，是家中的次子，父兄之间的调解人。他是一位狂热的理性主义者，但内心充满莫名的困惑，以致精神崩溃。——原编者注

确信有一个能赋予人生以意义的上帝，这种确信的诱惑力远远超过作恶而不受惩罚的能力。选择并不难，但是不存在选择，苦涩的滋味已经开始。荒诞不是大撒手，而是束缚，并不是什么行为荒诞都允许。为所欲为并不意味着毫无禁忌，荒诞只是将等值归还给种种行为的后果。荒诞并不指使人犯罪，那就太幼稚了，而是重视痛悔的徒劳无益。同样，假如所有的经验都是无所谓的，那么义务的经验也同别种经验一样合情合理，人可以出于任性而有美德。

一切道德的基石，就是后果能使一种行为正当或废止的观念。一个富有荒诞精神的人只是判断，这些后果应当心平气和地考量，他准备为此付出代价。换言之，在他看来，即便可能有责任者，却没有罪人。他顶多能同意利用过去的经验确定自己未来的行为。时间将激活时间，生活将支持生活。在这个既局限又充满可能性的地盘上，他觉得除了清醒，他本身一切都是不可预测的。从这种无理性的状态中，能产生出什么准则呢？唯一可能有教益的真理，在他看来绝不是形式上的。这个真理在世人中间活泼泼地展开。荒诞人在推理的终端可能要寻找的，绝不是伦理的准则，而是人生的图像与气息。下面描述的几个形象就属于人生的图景，这些形象接续荒诞推理，赋予推理以形态以及它们的热度。

一个事例不见得必是一个值得效仿的范例（如果可能放到荒诞

世界里，就更应该如此），而这些图景也不是相应的典范，这种思想还有必要阐述吗？抛开其中必有的使命不谈，如果原本原样从卢梭那里拿来人要爬行[1]，从尼采那里拿来正当地虐待母亲的结论，那就惹人耻笑了。一位现代作者写道："固然应该荒诞，但是不要上当受骗。"[2]这里涉及的各种态度，只有考量其反面，才可能具有完全的意义。邮局的一名临时工和一位征服者，如果有相同的意识，那么两者就是平等的。在这方面，所有经验都不相干。经验有的助人，有的碍人，人若有意识便得助。否则的话，就无所谓了：一个人失败不要追究环境，而是怪他本人。

我仅仅选择这样一些人：他们要耗尽自身，或者我意识到他们在耗尽自身。不会再往前推进了。眼下我只想谈一个世界，思想和人生都同样没有前途的世界。能促使人工作并忙活起来的一切，无不利用希望。唯一不说谎的思想，就是一种毫无结果的思想了。在荒诞世界里，一种概念或一个生命的价值，要以其贫乏的程度来衡量。

---

① 伏尔泰在给卢梭的信中，谈到《论人类不平等的起源与基础》时，这样写道："读您的作品时，真想用四脚走路。"——原编者注

② 引自亨利·德·蒙泰朗（1895—1972）《无用的服务》，见《随笔集》第752页，伽利玛出版社，1963年版。——原编者注

唐璜主义

如果有爱就足够了，那事情就太简单了。人越爱，荒诞就越牢固。

唐璜一个接着一个地换女人，缺少的并不是爱。将他描述成一个追求完美爱情的幻想者，就未免可笑了。然而，正因为他怀着同等冲动爱她们，每次都全身心投入，他才必须重复这种天赋、这种情爱的深化，从而每个女人都希望给他带去别的女人从未给过他的感受。每一次，她们都大错特错，所谓得手，只是让他感到这样重复的必要性。其中一位女子嚷道："我终究给了你爱！"唐璜笑了，答道："终究？不，只是多了一次。"[①]对他这种态度，会有人感到奇怪吗？为什么必须爱得少，才爱得深切呢？

---

① 参看普希金（1799—1837）剧作《唐璜》。1937年3月24日，在诗人逝世一百周年之际，加缪组织的劳工剧团演了这出戏，加缪扮演唐璜。——原编者注

唐璜感伤吗？不大像，几乎不必引述他那些故事。那讪笑、那胜利者的放肆、那心跳，还有那出戏，都十分明显而欢快。凡是健康的人都倾向于繁衍，唐璜也不例外。再者说，忧伤的人有两个感伤的缘由：要么蒙昧无知，要么抱有希望。唐璜全然知晓，也不抱希望。他让人联想到那些艺人，他们了解自身的局限，也就从不超越，他们的精神恰好于这段不稳定的间歇中怡然自得，拿出大师的范儿。这就是天才：智力了解自己的边界。直到肉体死亡的边界，唐璜都不识愁滋味。从他知道忧伤的那一刻起，他便敞声大笑，宽恕了一切。他抱定希望的时候，就伤感不已。如今，他从这个女人的口中，重又发现唯一令人欣慰的苦涩味道。苦涩？也不尽然：这种不完美必不可少，使得幸福更加易感！

试图在唐璜身上看到一个饱读圣书的人，那就是个大骗局。因为在他看来，期望另一种生活，如果不是虚空的话，那就没有什么虚空了。他身体力行证明这一点，逆天行事而游戏人生。沉溺于寻欢作乐而痛悔，这种虚弱无能的老套路，跟唐璜就不搭界。对浮士德倒挺合适：他颇相信上帝，因而把灵魂卖给了魔鬼。对于唐璜，事情就简单多了。莫利纳[1]笔下的“骗子”，针对别人拿地狱发出

---

① 莫利纳（1583—1648），西班牙剧作家。“骗子”系指他的喜剧《塞维勒的骗子》中的主要人物，剧中出现了唐璜的形象。——译者注

的威胁，总是这样回答："你给我个长期限吧！"身后之事无足挂齿。善于活着的人，来日方长！浮士德要获取这个世界的财富：这个不幸者只要伸出手就行了。不善于愉悦，灵魂就已经被出卖了。唐璜则相反，要求的是餍足。他离开一个女人，并不是绝对因为对她没有欲求了。美人总是那么秀色可餐。不过，他是否对另一个女人产生欲望，这不是一码事儿。

今世生活让他心满意足，失去了就比什么都糟糕。这个疯子才是个大智者。然而，抱着希望生活的人，却与这个世界格格不入，只因这个世界上，善良让位给了慷慨，柔情让位给了男性的沉默，同心同德让位给了孤独的勇气。人人都这么说："他就是个弱者，一个理想主义者，或者一个圣徒。"无论如何也得吞下这种屈辱的伟大。

听唐璜讲话，听到适用所有女人的套话（或者看见这种贬低他所欣赏之物的会心一笑），大家都相当气愤。然而，对于追求欢乐数量的人，唯有效果才是重要的。口令已经证明有效，何必还要复杂化呢？无论男人还是女人，谁都不听口令，倒是听发出口令的声音。那些口令就是准则、约定俗成和礼貌。口令既已发出，最重要的就是如何执行。唐璜准备照办。他为什么要给自己提出一个道德问题呢？他并不像米洛兹[①]笔下的那个人物马纳拉似的，因渴望成为圣徒而甘下地狱。在他看来，地狱不过是人的一种教唆。面对神灵的愤怒，他保持做人的尊严，仅仅回答这么一句——“我有这份荣誉。我履行自己的诺言，因为我是骑士。”他对骑士说道。不过，若把他视为一个背德者，那也大错特错了。他在这方面如同世人：他的道德就是同情或者憎恶。只有时时参照他所象征的俗人——通常的诱惑者和风月场上的男人，才能很好地理解唐璜，他是个普通的诱惑者。[②]除了这样一点差异：他是有意识的，是荒诞的人。一个变得清醒的诱惑者，并不会因此就改变了，勾引女人是他的常态。只有在小说里，这个人物才一反常态，变得好起来。但是可以说，什么都没有变，同时一切又都改变了。唐璜所执行的，是一种数量的伦理，同追求质量的圣人正相反。不相信事物有深意，这是荒诞人的本色。那些热情洋溢或者惊叹不已的面孔，他都领略了，都储存起来，并且付之一炬。时间与他同行。荒诞人，就是须臾不离开时间的人。唐璜无意“收集”女色，金屋藏娇。他历尽女色，并同她们一起竭尽人生的机遇。收藏，就是尽量活在过

---

① 米洛兹（1877—1939），法国诗人、作家，立陶宛裔。他的剧作《米盖尔·马纳拉》塑造了一个孤独而痛苦的唐璜形象。——译者注

② 从充分意义上来理解，包括他的缺点，一种得当的态度也包含着缺点。——作者原注

去。但是，他拒不追悔，这是希望的另一种形式。他不善于观赏肖像。

因此他就是自私的吗？当然是以他的方式利己。不过，关于这方面，还得交代明白。有的人生来为活一世，有的人生来为爱一生，唐璜至少肯说出来。不过，他好像有所选择，一定是长话短说。因为，这里谈及的爱，装饰着永恒的幻想。所有情欲专家都告诉我们，只有闹别扭的爱才是永恒的。没有争斗就没有什么激情。这样一种爱情，只有在终极的矛盾——死亡中，才能找到归宿。要么当维特，要么什么也不是。至此，还是有好多种自杀方式，其中一种就是忘我而完全奉献。唐璜跟别人一样，知道这能打动人心，他也像绝无仅有的少数人深知这并不是至关重要的。同时他也完全明白，受一种伟大爱情驱动的人，完全摆脱个人的生活，在爱中也许能充实起来，可是被他们的爱选中的那些人，肯定会变得贫乏了。一位母亲、一位多情的女子，难免有一颗干涸的心，只因这颗心脱离了人世。她们心里只装着一种情感，只装着一个人，只装着一张面孔，可是自身整个儿被吞噬了。驱动唐璜的是另一种爱情，是解放者之爱。这种爱给他带来世上各种面孔，它那种战栗发自不会长久的认知。唐璜选择了爱后完全消失。

对他而言，关键是看清楚。我们所说的爱情，参照书本和传说提供的集体看法，就是指把我们同某些人连在一起的关系。然而，我所了解的爱情，无非是把我同某人联结起来的这种欲望、温情和智力的混杂。而这种组合又因人而异，我无权给所有经验冠以同一名称。这就免得引导人以同样的行为去体验。荒诞人在这方面，也同样不可能整齐划一。从而他发现了一种新的存在方式，这种方式既解放与他接近的人，也同样解放他自身。唯独明知是短暂而又独特的爱情，才是慷慨的爱情。正是所有这些死去的和再生的，集束为唐璜的人生。这是他给予并使人感受生活的方式，由大家来判断，能否说这就是自私自利。

这里，我想到那些非要惩罚唐璜不可的人。不仅要惩罚来世，还要惩罚今世。我想到所有这些故事、这些传说和这些嘲笑，全压在老年唐璜的身上。不过，唐璜对此早有所准备。对一个憬悟的人来说，预知暮年晚景，并不是出人意料的事情。他完全意识到了，恰恰是因为他并不自我隐瞒寂寥凄凉的晚景。雅典有一座专门供奉老年的神庙，家长时而带孩子去拜老年神。对于唐璜，别人越是嘲笑，他的形象越是鲜明。有鉴于此，他拒不接受浪漫派赋予他的形象。这个饱受折磨的可怜虫唐璜，谁也不会嘲笑了。引起大家的怜悯，老天也许会拯救他吧？但是，问题并不在于此。在唐璜隐约瞥见的天宇中，可笑也同样是可以理解的。他认为受惩罚是理所当然的，这就是游戏规则。他正因为慷慨大度，才全部接受了游戏规则。不过，他自知有道理，也就谈不上惩罚，一种命运并不是一种惩罚。

这就是他的罪过，而我们明白，追求永恒的人称之为对他的惩罚。

他掌握了一门不容幻想的科学，否定了追求永恒的人所宣扬的一切。爱并拥有，征服并耗尽，这就是他的认识方法。（《圣经》称“认识”为爱的行为，在《圣经》偏爱的这个词中自有深意。）在他无视世人的情况下，他就成为世人的死敌。一位专栏编辑转述道，莫利纳剧中的那个“骗子”确有其人，被方济各修会的修士们杀害了，他们就是要“结束这个出身高贵而免受惩罚的唐璜的放纵和渎神”。他们随后便宣布，天雷将他劈死了。没人去证实这种怪异的结局，也没人去反证。我无须考量这是否是真的，但是我可以说这合乎逻辑。这里我只想保留“出身”一词，搞搞文字游戏：这就是说，生于世上就确保他的清白无辜，他只有死后才背上罪名，而其罪过现在却广为传说了。

这尊冰冷的石雕骑士，动员人们去惩罚这个血气方刚、敢于思想的人，还意味着别的什么呢？意味着永恒理性、秩序、普遍道德所代表的所有权力，以及易怒的上帝全部怪异的妄自尊大，都集中体现在这尊石像上。这块没有灵魂的巨石，仅仅象征唐璜永远否定的那些势力。不过，石雕骑士的使命到此为止。霹雳雷电，又返回召唤来的人造天上。真正的悲剧另行上演，与他们毫不相干。不对，唐璜不是死在一尊雕像的手下。我情愿相信他在传说中的虚张声势，相信这个头脑健全的人的那种狂笑，向一尊根本不存在的神挑战。而且，我尤其相信那天夜晚，唐璜在安娜家中等待，那尊石雕骑士并没有来。午夜过后，这个不信教的人一定感到，那些理直气壮的人苦不堪言。我还更愿意接受他那一生的记述，讲他后来隐退，终老在一座修道院里。并不是说故事有教益的方面就可以当作确有其事。要向上帝乞求什么庇护呢？这倒体现出一生沉浸于荒诞的合乎逻辑的归宿，一生转向没有来日的寻欢作乐而张皇失措的结局。享乐在此以苦修而告终。应当理解为，享乐与苦修可以作为同样毫无意义的两副面孔。还能期望什么更为骇人的形象呢？一个被肉体背叛出卖的人的形象，这个人该死而没死，要把戏演完等待终场，面对面侍奉这个他不崇敬的上帝，就像从前侍奉生活那样，跪在虚无面前，双臂伸向天空，尽管他知道上天既不能雄辩又没深度。

西班牙修道院坐落在荒僻的山峦上，我仿佛看见唐璜置身于其中。如果说他在观望什么的话，那绝不是逃逝的爱情的幽灵，倒可能是通过围墙灼热的枪眼，眺望西班牙一片寂静的平原，壮丽而没有灵魂的土地，他从中认出了自己。对，正应该停留在这副光彩熠熠的忧伤形象上。终局，等待而从不企盼，终局无足挂齿。

戏剧

哈姆雷特说道："演戏，就是陷阱，我用来逮住国王的意识。""逮住"，说得好。因为意识行进迅疾，动辄又缩回去。必须飞快地抓住，看准那千载难逢的瞬间，趁那意识匆匆投向自身一瞥的时机。常人不大喜欢拖延。相反，无不催促着他。然而与此同时，引起他兴趣的又莫过于他自身，尤其是他可能成为的样子。因而他喜欢剧院，喜欢看戏，那么多命运在他眼前展现，而他不受其苦，只接受其诗意。从这里可以认出，他是个无意识的人，继续奔向不知怎样的希望。荒诞人开始于此人终止之处：他不再观赏，要将精神投入游戏了。深入所有这些剧中的生活，感受生活的多样性，这纯粹是表演生活了。并不是说一般演员都听从这种召唤，也不是说他们是荒诞人，只是表明他们的命运是荒诞的命运，可能诱惑吸引一颗明慧的心。上述必不可少，为使下文不至于误导。

演员统御着必然消亡的场景。众所周知，在所有的荣耀中，演艺的荣耀最为短暂。这种说法至少出现在街谈巷议中。其实，各种荣耀无不昙花一现。根据天狼星来客[①]的观点，一万年之后，歌德的作品就将化为尘埃，他的名字也将被人遗忘。到那时候，也许会有几个考古学家发掘寻找我们时代的“证物”。这种想法始终有所教益。这种深思熟虑的想法，能将我们的焦躁烦乱引向在冷漠中发现的那种深挚的高尚，尤其能将我们的忧虑导向最可靠的事物，即当下的事物。在所有的荣耀中，欺骗性最小的就是能当场感受到的荣耀。

因此，演员就选择了不可计数的荣耀，即自我奉献的、感觉得到的荣耀。万物总有消亡的一天，正是演员从中得出的最好的结论。一名演员，有时成功，有时不成功。一名作家，即使默默无闻，也心存一种希望。他料想自己的作品将见证他那段人生。演员顶多能给我们留下一幅照片，至于他的行为和沉默，他短促的气息和爱情的呼吸，他本身的一切，什么也不会呈现到我们面前。不为人知，就等于没演戏，如不演戏，那就等于随着所有那些人物死去上百次，而他本来可以使那些人物活跃或复活在舞台上。

---

① 典出伏尔泰的哲理小说《米克罗梅加斯》，这个来自天狼星的小巨人到了地球后，给地球人带来许多新奇的见解。——译者注

发现一种荣耀建立在极短暂的作品之上，有什么可大惊小怪的呢？演员有三小时工夫，扮演伊阿古或者阿尔塞斯特，费德尔或者格罗塞斯特[①]。在这短暂的过程中，他在五十平方米的舞台上，表演这些人物的生和死。荒诞从来没有这么长时间，表现得如此精彩。这些美妙的生活，这些独一无二的完整命运，在几小时之内，在几堵墙中间展开并完结，还能期望什么更有启发效果的缩影呢？离开舞台，希吉斯蒙[②]就什么也不是了。两小时之后，有人看见他在城里用晚餐，或许这时候，真的就人生如梦了。不过，继希吉斯蒙之后，又来了另外一个人。这个拿不定主意、自寻烦恼的主人公，替代了复仇之后长吼的那个人。演员就是这样，横跨几个世纪，历经各种精神，模仿人可能的和实际的样子，从而去契合另一个人物，那便是荒诞的旅行者。演员也像荒诞人那样，耗尽某种事物，不停地奔波。他是时间的旅行者，在最好的情况下，堪称灵魂追逐的旅行者。一定数量的道德，果真能找到食粮的话，那也必定是在这种特殊的舞台上。演员能在多大程度上，得益于这些人物，

---

① 这四人都是剧中人物：伊阿古是莎士比亚《奥赛罗》中的恶人，阿尔塞斯特是莫里哀《恨世者》的主人公，费德尔是拉辛同名悲剧的女主人公，格罗塞斯特是莎士比亚《理查三世》的主人公。——译者注

② 希吉斯蒙是西班牙剧作家卡尔德隆《人生如梦》的剧中人物。——译者注

这实在难说。但这并不是问题的关键，只需了解演员在多大程度上进入角色，融入这些不可替代的生活。有时，演员的确随身附着这些人物，他们时不时超越了他们出生的时间和空间。有他们陪伴，演员再想摆脱曾经的状态就不大容易了。有时他要拿起酒杯，不觉又重复哈姆雷特举杯的姿势。不错，他使之活跃在舞台上的人物，跟他的距离并不那么远。他月复一月，甚至日复一日，大量地演示这种极其丰富的现实生活，可见一个人想要成为的样子和他原本的样子之间，并不存在什么界限。表现到何等程度，便成为存在了，这就是他要表明的，为此他总那么用心更出色地扮演。因为，这正是他的艺术，绝对地假扮，尽可能深入不是他本人的那些生活。努力的结果，他的使命也就明晰了：尽心尽力达到谁也不是，或者化为许多人的境界。他扮演的人物，塑造的空间越狭窄，就越是少不了他的才能。他今天就是所扮演人物的面孔，过三小时就要死去，必须在三小时之内，体验并表现一种非凡命运的全过程。这便是所谓丧失自我而为找回自我。这三小时内，他要将走不通的路走到底，而观戏的人却要走一辈子。

演员模仿易逝的人生，努力表现，只能在表面上曲尽其妙。舞台上的约定俗成，就是心灵仅仅通过肢体动作，或通过兼可表现心灵和肉体的声音表达出来，让人理解。按照这门艺术规则的要求，一切都加码放大，用肉体表达出来。如果在舞台上，像现实中那样表现爱，必须运用这种无可替代的心声，像真的深情凝视那样看对方，那么我们的语言就是密码了。舞台上的沉默应当听得见。爱情提高调门，甚至静止不动也变得壮观。躯体为王。“戏剧性”不是谁想做就做得到，而且，这个词往往被错误地贬低，实则包含了一整套美学和一整套伦理。人生有一半时间是暗示，掉过头去，沉默不语。演员在这点上就是不速之客，他给灵魂祛除魔法，受禁锢的激情便纷纷登台表演。那些激情通过各种动作说话，只靠着呼喊存活。演员就这样构成所演绎的人物并展现出来。他绘制或者雕刻这些人物，想象出他们的形态，融入其中，将他的血液注入这些幽灵的躯体里。自不待言，我指的是伟大的戏剧，能给演员提供机会、完成他那有血有肉的命运的戏剧。请看莎士比亚：这出戏一开场，就是躯体的疯狂，驱动着舞蹈。疯狂说明了一切。没有疯狂，整出戏就土崩瓦解。李尔王不做出粗暴的举动，放逐考德莉娅，处罚爱德加，就不会赴与疯狂的约会。这出悲剧于恰当的气氛中，在疯癫的征象下展开。那些灵魂任由魔鬼摆布，狂舞乱跳。少说有四种疯子：一种因职业，一种出于意愿，另外两种则是遭受折磨所致。他们处于同样状况，都有四个紊乱的躯体、四副无以言表的面孔。

人体周身全算上也还不够。面具和厚底靴，脸部化装，减弱或突出其主要特征，服装既夸张又简化，这个舞台天地为表象牺牲了一切，完全为吸引眼球而设。好一个荒诞的奇迹，仍然是躯体带来认知。我若不是扮演这个角色，就永远也不能理解伊阿古。听他的台词也是白听，只有亲眼看见的时候，我才抓住了他。演员从荒诞人物身上获取了单调，这个独一无二的身影，既奇特又熟识，令人心荡神迷，演员就携着这身影穿越他的所有角色。这仍表明伟大的戏剧作品有助于格调的统一。[①]正是在这方面，演员自相矛盾：既单一却又极为多样，单独一个躯体，凝聚了那么多灵魂。然而，这是十足的荒诞的矛盾，演员什么都想达到，什么都想经历，这是徒劳的企图，这是毫无意义的固执。总是自相矛盾，在他身上却协调一致。他到了这种境界：肉体和精神重又相聚，精神屡屡落败，只好回归它这最忠实的盟友。哈姆雷特说道："祝福这些人吧，他们的鲜血与判断如此奇妙地混合，再也不是命运的手指随意按孔就吟唱的笛子了。"

教会怎么没有谴责演员这种行径呢？它批驳这种艺术使异端

---

① 我在此处想到莫里哀笔下的阿尔塞斯特。整出戏都极其简单，极其明显，又极其粗俗。阿尔塞斯特指责菲兰特，塞莉梅娜指责爱莉昂特，整个主题都置于一种推向极致的性格的荒诞后果中。而那诗本身，"拙劣的诗"，几乎没有节奏，如同人物单调的性格。——作者原注

灵魂激增，情感堕落，批驳一种精神既不愿只经历一种命运，又要冲进各种放纵之中的可耻企图。教会还禁止演员把兴趣放到现实上和普洛透斯[①]式的胜利上，否定教会的一切教诲。永恒不是一场游戏。一种思想若丧失理智，喜爱一出喜剧竟然胜过永恒，也就无可救赎了。在“到处”和“永远”之间，没有妥协的余地。因此，这种备遭贬低非难的行当，就可能产生过度的精神冲突。尼采说道：“重要的不是永恒的生命，而是永恒的活力。”其实，全部悲剧就发生在这种选择之中。

阿德里安娜·勒库弗勒[②]在临终的床上很想忏悔，并且领受圣体，但是不肯弃绝她那职业，因而丧失了忏悔的好处。她违抗上帝，不是要维护自己深挚的激情又是什么呢？这个生命垂危的女子，流着眼泪拒绝否定她称为艺术的东西，从而表现出来的伟大，是她在舞台脚灯前表演所从未达到的。这是她最出色也最难演的角

---

① 希腊神话中变幻无常的海神，又名“海中老人”。他能知未来，如有人发现他在岩石的阴影下睡午觉，他就向那人预告未来。——译者注

② 阿德里安娜·勒库弗勒（1692—1730），法国著名女演员，表演风格自然而朴实，给舞台带去新风。因没有脱离演艺生涯，她死后受到教会势力的凌辱，圣·绪尔皮斯本堂神父不给她举行宗教葬礼，不准她葬在教堂墓地。伏尔泰在诗歌《勒库弗勒小姐之死》和哲理小说《老实人》第二十二节中，都揭露了教会势力对演员的迫害。——译者注

色。在上天和一种可笑的专一之间进行选择，更加珍爱自己，不做永恒的供品，也不沉迷于上帝，这就是千百年来的悲剧，她必须在剧中保持自己的位置。

那个时代的演员，无不深知已被逐出教门。进入演艺行业，就是选择地狱。教会从他们身上分辨出最凶恶的敌人。有几个文人义愤填膺："什么，拒不给莫里哀临终的救助！"[①]然而，这是理所当然的，尤其是莫里哀，死在戏台上，以粉墨的形象结束整个奉献扮演众生的一生。有人谈起他，说什么天才原谅一切。其实，天才什么也不原谅，恰恰是因为天才本来就拒绝。

演员自当知道势必受到什么惩罚。然而，生活本身给自己保留的最后的惩罚，以此为代价的那种十分模糊的威胁，又能有什么意义呢？演员事先体验的正是这种惩罚，而且全盘接受了。无论演员还是荒诞人，早夭是无可挽回的。不如此，什么也抵偿不了他扮演的角色和经历的世纪的总和。但不管怎样，总归是命。因为演员固然无处不在，可是岁月不饶人，在他身上留下印迹。

稍微有点儿想象力，就能感觉出演员的命运意味着什么。演员就是在时间中构思并陈列一个个人物。他也是在时间中学会统

---

① 莫里哀死时没有得到宗教的救助，被秘密埋葬在圣·约瑟夫墓地（在今巴黎第一区），那里专门埋葬自杀者和没有洗礼的儿童。——原编者注

御人物的。他越是经历不同的人生，越容易同那些人生分离。时间一到，他就必须死在舞台上，从这世间消失。他经历过的都历历在目，看得很清楚。他感到一生冒险所包含的撕心裂肺和不可替代的成分。他全看透了，现在可以死去了。那些老演员可以住进养老院。

征服

征服者说："不，不要以为我喜爱行动就得放弃思考。相反，我相信什么完全可以确定。只因我信得坚定，见得确切而明晰。不要轻信这么说的人：'这个嘛，我太清楚了，就是讲不出来。'他们之所以表达不出来，正因为他们不知道，或者懒惰惯了，只了解点儿皮毛。"

我没有多少见解。人到生命完结的时候才发觉，自己用了许多年确认一个真理。虽只有一个真理，只要明了，就足以引导一个人的一生。至于我，确实有话要说，谈谈个人。必须毫不客气地讲出来，如有必要，还得适当地表示鄙夷。

一个人沉默多于讲话，必成为一个强人。有许多事情，我就保持缄默。但是我坚信，所有那些人评价个体，立论所依据的经验比我们要少得多。智力，振奋人心的智力，也许预感出了应当察觉到的情况。然而时代及其废墟和鲜血，用极明显的事实充塞我们的头脑。古代民族，甚至非常近代的，乃至我们这个机械时代的民族，都可能审察社会的美德和个人的德行，探究哪一个应该为另一个服务。可能出现这种状况，首先由于人心的这种根深蒂固的谬见，即人生于世不是侍候人，就是受人服侍。还有一种缘由：无论社会还是个人，都还没有充分展现各自的本领。

我见过一些富有才智的人，他们观赏荷兰画家的杰作，大为赞叹产生于弗朗德勒血腥战争的作品，也为三十年残酷战争正酣，西里西亚神秘主义者所做的祈祷而大大感动。在他们惊奇的眼里，在世俗纷争之上，悬浮着永恒的价值。不过后来，时过境迁。如今的画家缺乏了那种宁静。即使他们内里还有一颗创作者所必需的心，我是说一颗冷漠的心，那也根本用不上。因为包括圣人本身，所有人都动员起来了。这也许是我感受最深的一点。每种夭折在战壕里的形式，每个被刀枪击碎的妙思、比喻或祈祷，永恒便随之丧失一部分。我意识到我离不开自己的时间，就决定同时间合为一体。我之所以这么重视个体，只因为在我看来，个体微不足道而又备受屈辱。我知道没有胜利的事业，那么就把兴趣放到失败的事业：这些事业需要一颗完整的心灵，对自己的失败和暂时的胜利都不以为然。对心系这个世界命运的人来说，文明的撞击具有令人惶恐的效果。我把这化为自己的惶恐不安，同时也要碰碰运气。在历史和永恒之间，我选择了历史，只因我喜爱确定的东西。至少，我信得过历史，怎么能否定把我压倒的这种力量呢？

在静观和行动之间，总有事到临头必须选择的时候。这就叫作长大成人。这种撕心裂肺的痛苦实不堪忍受。然而对一颗自豪的心灵来说，就没有中间路可走。有的只是上帝或时间，十字架或一把剑。这个世界有一种超越人世骚动的更高意义，或者除了骚乱什么都不是真的。必须跟时间共同生活，一起死去，或者为了一种更伟大的人生而逃避时间。我知道人可以妥协，可以生活在当代而相信永恒。这就叫作接受。可是，我憎恶这个词，我全要，或者什么也不要。我若选择行动，也不要以为对我来说，静观就是一块陌生之地。但是，静观不可能给我一切，我被剥夺了永恒时，就愿意同时间结盟了。无论怀旧还是人生苦涩，我都不愿记到我的账上，只想看清楚。我要告诉您，明天您就要应征入伍。对您和对我来说，都是一种解放。个人什么都干不成，然而什么都可以干。在这种不受拘束的美妙状态中，您应当明白，我为什么既激励又贬压个体。正是世界碾压个人，也正是我将其解放。我提供给个人全部应有的权利。

征服者也知道，行动本身是徒劳无益的。只有一种行动有效用，即重造人和大地。我永远也改造不了世人。但是，一定得“死马当作活马医”。因为我在斗争的路上，难免会遇到血肉之躯。肉体，即使遭受屈辱，也是我唯一确定的东西。我只能靠肉体存活。造物就是我的家园。这就是为什么我选择了这种没有意义的荒诞努力。这就是为什么我站到了斗争这一边。我说过了，时代恰逢其时。迄今为止，一个征服者的伟大体现在地理方面，用占据的领土面积来衡量。“征服”这个词转变了意思绝非偶然，现在不再指获胜的将军了。伟大转变了阵营，进入抗议和无前途的牺牲之中。这种选择，也绝不是喜爱失败。当然要盼望胜利。然而，胜利只有一种，即永恒的胜利，是我永远获取不到的。我就绊在这里，还紧紧抓住不放了。一场革命，总是形成一场反神运动，首开的就是普罗米修斯的革命[①]，他是现代的第一个征服者。这是人对抗命运的一种诉求：穷人的诉求不过是一种借口。但是，我只能在人的历史行动中抓住这种精神，这也正是我与之相会的机会。可也不要以为我会乐在其中，面对本质的矛盾，我还坚持我的人性矛盾。我将自己清醒的判断力置于否定矛盾的论调中间。我直面压垮人的东西，并以此激励人，于是，我的自由、我的反抗和我的激情，都汇聚在这种高度的紧张、这种敏锐的观察和这种无以复加的重复之中。

---

① 阿尔贝·加缪指导劳工剧团，于1937年3月，排练演出了埃斯库罗斯的剧作《被缚的普罗米修斯》。——原编者注

不错，人就是他本身的目的，也是他唯一的目的。人若想成为什么，那也是在生活中进行。现在，我终究了解了。征服者有时讲讲战胜和克服。其实，他们所指的始终是“克服自我”。您完全明白这其中的含义。在某些时刻，任何人都感到自己相当于一个神。至少有人就这样明言。不过，这来自一闪念，自己感到了人的精神的惊人伟大。征服者不过是充分感到自己力量的人，确信能始终生活在这种高度，并且完全意识到这种伟大。这是一个算术问题，或多或少是如此。征服者能够达到最高值，但是他们怎么也不可能高于人本身，即使有这种意愿。因此，他们永远不会脱离人的熔炉，而是投入最炽热的革命之魂中。

他们在熔炉里发现了伤残的造物，但是也遇见他们喜爱并赞赏的唯一价值，即人及其沉默。这既是他们的贫乏，也是他们的财富。对他们而言，唯一能有的奢侈，表现在人际关系上。怎么还能不理解，在这脆弱的天地里，与人有关的一切，唯独与人有关的事物，才具有一种更为火辣的意义呢？紧绷的面孔，受到威胁的博爱，人与人之间既特别牢固又特别羞怯的友谊，这些都是真正的财富，因为无不转瞬即逝。精神就是在这些财富中间，最能感受它的权利和局限，也就是说它的效力。有几个人提及天才，然而“天才”一词，说得太轻率了，我更喜欢用智力。应当说智力可以非常卓越，照亮并统御这片荒漠。智力知道自己的依附地位，表现得有声有色，最后和这身躯一同死去。但是心中有数，这便是智力的自由。

我们也明明知道，所有教会都反对我们。心弦绷得如此紧的一颗心逃避永恒，而所有教会，神圣的或者政治的，都自诩为永恒。可是在这些教会看来，幸福和勇气、薪水和正义，都是次要的目的。教会给世人提供学说，世人就必须遵奉。然而，我对那些理念和永恒根本没兴趣。适合我的真理，我一抬手就能触碰到，而且形影不离。这就是为什么，你们以我为依据，什么也确立不起来：征服者身上什么都不长久，甚至包括他的学说。

这一切的终点便是死亡，无可奈何。我们一清二楚。我们也清楚，死亡终了一切。这就是为什么遍布欧洲的这些墓地非常丑陋，让我们当中某些人噩梦缠身。人只美化喜爱的东西，而对于死亡，我们又反感又厌倦。死亡也同样需要人征服。当年帕多瓦城被威尼斯军队包围，又闹了鼠疫，变成空城，最后一个卡拉拉家族[①]的人，呼号着跑遍他那空荡荡的王宫各个厅室，召唤魔鬼但求一死。这便是一种克服死亡的方式。西方还特有一种勇气，表现在死亡自以为受到敬重的地方，布置得特别狰狞可怕。在反抗者的宇宙中，死亡彰显着非正义。死亡是极端的滥用权力。

---

① 帕多瓦为意大利城市，中世纪受卡拉拉家族的统治。——译者注

另一些人，也同样毫不妥协，选择了永恒，揭露人世的虚幻。他们的墓地在花丛鸟鸣中微笑。这正适合征服者，向他呈现他所摈弃的东西的清晰形象。征服者则相反，选择了黑色的铁围栏和无名的壕沟。信奉永恒的人中间的最优秀者，面对富有才智的人肯同他们这种死亡的形象共存，有时惊骇不已，有时心里又充满了敬重和怜悯。然而，这些富有才智的人却从中汲取力量和自身存在的依据。命运就面对着我们，我们不断挑战的也正是命运。主要不是自尊使然，更是出于我们的意识：认识到我们毫无意义的生活状况。我们也同样，时而也可怜自身。这是我们觉得唯一可以接受的同情：这样一种感情，也许您不大理解，觉得缺乏气概。不过，我们当中最有胆量的人却深有体会。我们只是把头脑清醒者称为有气概，我们不需要脱离洞察力的力量。

再次申明，这些形象推出的并不是道德的教训，也没有插入判断，就是些画面，仅仅表现一种生活格调。情人、演员或者冒险家，无不扮演着荒诞。当然，他们若是愿意的话，同样可以扮演贞洁的人、官吏或者共和国总统。只要了然于胸，丝毫也不掩饰就足够了。在意大利博物馆，有时能看到小彩屏，那是从前教士举到死囚面前遮挡绞刑架的。各种形式的跳跃，冲进神圣和永恒，沉溺于日常生活或者头脑里的幻想，所有这些屏幕挡住了荒诞。也有一些公务员没有屏幕，我要谈的正是他们。

我选择了最极端的人。到了这种等级，荒诞就赋予他们一种王权了。不错，他们是无国之君。但是比起别人来，他们有这种优势，知道所有王国都是虚幻的。他们心知肚明，这就是他们的全部伟大之所在，而有人却徒然要谈他们隐藏的不幸，或者幻灭的灰烬。被剥夺了希望，不等于绝望，大地的火焰完全抵得上天国的芳香。无论我还是其他任何人，在这里都无权评断他们。他们不求多么优秀，但是尽量始终不渝。“明智”一词，如果用于知足者，生活上满足于已有，并不胡思乱想没有的东西，那么我们这里所说的人就是明智者了。他们当中有一个人，知道得比谁都清楚，不过，此人在精神领域当数征服者，在感知方面当数唐璜，在智力上当数演员。“一个人将他珍视的绵羊般的小小温情直达完美时，无论在大地还是天上，根本不配享有特别恩惠：往好里说，他仍然是不折不扣的一只可爱的小绵羊，长着犄角而显得可笑，仅此而已——还得假定他没有因虚荣而丧命，也没有用法官架势而引起公愤。”

无论如何，也必须为荒诞推理恢复更为热忱的面孔。想象力还可以增添许多别的面孔，那些禁锢在时间里和流放中的人，他们在没有未来也没有软肋的天地里，也同样善于合度得体地生活。这个无神的荒诞世界，于是就住满了思路清晰而不再抱希望的人。我还没有谈最荒诞的，即创作者。

荒诞的创作

推石上山这场搏斗本身，
就足以充实一颗人心。

哲学与小说

在荒诞的稀薄空气中，所有这些维系着的生命，如果没有某种深刻而一贯的思想大力鼓舞，就不可能坚持下来。即使这样，也可能只是一种奇特的忠实情感。我们也见过一些意识挺强的人，在最愚蠢的战争中完成他们的任务，却并不觉得身处矛盾之中。那是因为什么也逃避不了。因此，支撑着世界的荒诞性，就有一种形而上的幸福感。征服或游戏、数不胜数的爱情、荒诞的反抗，这些全是人在一场明知必败的战役中，向自己的尊严表示的敬意。

问题仅仅在于恪守战斗的规则。这种思想就足以滋养一种精神，曾经支持并继续支持一些完整的文明。大家并不否定战争。遭逢战乱，生死由天。荒诞就是如此：必须与之同呼吸，承认荒诞的教诲，寻出那些教诲的血肉之躯。在这方面，荒诞之极乐，就是创作。尼采说道："艺术，唯独艺术，我们有了艺术，就根本不必因真理而死了。”

我力图描述，并以不同方式让人感受经验时，一种烦恼消亡之处，必定出现另一种烦恼。幼稚般寻找遗忘，呼唤满足，现在却没有回声。

然而，让人面对世界站得住的那种绷紧的定力，促使人迎接一切的那种有条理的疯狂，给人留下了另一种狂热。在这方天地里，要想维系自己的意识，确定意识的冒险，作品则是唯一的机会。创作，就是第二次生命。普鲁斯特焦躁不安，摸索寻找，那么细腻集中地描述鲜花、壁毯和惶恐心情，也并没有任何别的含义。与此同时，普鲁斯特每天都持续不断而不可估量的创作，并不比演员、征服者和所有荒诞人有更多的意义。所有人都试图模仿、重复，重新创造现实，即他们的现实。最终我们总能拥有我们人生的真相。对一个背离永恒的人来说，整个人生，不过是一种戴上荒诞面具的过度模仿。

这些人首先就心中有数，然后竭尽全力跑遍，扩展并丰富他们刚刚登临的无前途的小岛。但是，必须首先了解清楚。因为，荒诞的发现有个暂停时间段，碰巧未来的激情正在形成并确立下来。人即使没有福音，也有他们的橄榄山[①]。他们在自己的橄榄山上，也同样不能睡觉。对荒诞人来说，问题不再是解释乃至解决了，而是体验和描述。一切都始于富有洞察力的冷漠。

描述，这是一种荒诞思想的最后雄心。科学也抵达了自身悖论的终点，不再推荐什么，而是停下来静观，绘制现象始终原初的景象。心灵就这样豁亮了，明白我们面对世界的容貌满怀的冲动，并不是来自世界的深度，而是来自世界面貌的多样性。没有必要解释，但是留下了感觉，随着感觉还有不断的呼唤，召来一个在数量上取之不尽的宇宙。人们就在这里认清艺术作品的地位。

艺术作品既标志一种经验的死亡，也表明这种经验的繁衍，好似由世界组合好了的主题激情而单调的重复：躯体，神庙门楣上层出不穷的形象，形状或色彩，众多或匮乏。因此，在创作者绚丽而稚拙的天地里，尽数找出本论著的重要主题，也不是无所谓的事。人可能走进误区，从中看到一种象征，以为艺术作品终究可以作为荒诞的庇护所。须知艺术作品本身，也是一种荒诞现象，仅仅在于描述荒诞，并不能给精神痛苦打开一条出路，反而是这种痛苦在一个人全部思想中回响的一种征象。不过，艺术作品破天荒第一次，

① 耶路撒冷城东的圣山。据《圣经》记载，耶稣到橄榄山上向门徒讲道，不准他们睡觉，以免受迷惑。——译者注

使精神走出自身，置于别人面前，不是为了使其迷失方向，而是指明人人都踏上的这条路根本走不通。在荒诞推理的时间段，创作追随着冷漠和发现，标明荒诞激情的冲击之点，正是推理停止之处。创作在本文中的地位，就这样名正言顺了。

只要揭示创作者和思想家共有的几个主题，我们在艺术作品中，就能重新发现思想进入荒诞所遇到的所有矛盾。其实，主要还是他们共同的矛盾，而不是相同的结论促成他们智力的亲缘关系。思想和创作均如此。几乎无须我讲，正是同一种烦恼促使人采取这些态度。也正因为如此，这些态度起步时都大同小异。然而，从荒诞出发的所有思想，我却极少见到有坚持得住的。正是从那些思想的差距和不忠的程度上，我才更好地衡量出只属于荒诞的成分。与此同时，我也难免自问：一件荒诞作品能被创作出来吗？

从前艺术和哲学之间相对立的那种裁断，如今不会有人过分强调了。如果要过分认真地去解读，那么可以肯定，那种裁断是错误的。如果只想说这两套系统各有特殊的环境，那无疑就说对了，但是也太空泛。一方面，哲学家封闭在自己的体系中间；而另一方面，艺术家面对自己的作品。这两者之间所引起的矛盾，则是唯一可接受的论据。不过，这只适用于艺术和哲学的某种形式，而在这里我们认为是次要的。脱离创作者的艺术构思，不仅过时了，而且还是虚假的。

应当指出，从来没有哪位哲学家创立学说有好几个体系，而艺术家则不然。但是，此话不虚，仅仅指这种情况：任何艺术家在不同的面貌下，也向来只表现一种东西。艺术的瞬间完美、不断更新的必要性，这仅仅是偏见造成的事实。因为艺术作品也是一种构造，而众所周知，伟大的艺术家在很大程度上可能显得单调。艺术家堪比思想家，以自身介入自己的作品，在作品中实现自我。这种渗透提出了最重要的美学问题。此外，以不同的方法和对象来区分，在那些确信精神目标的一致性的人看来，是最徒劳无益的事了。人为了理解和爱而设定的学科门类之间，其实并没有界限，彼此相互渗透，又因同样的焦虑而混同难辨。

一开始就必须说明这一点。为了创作出一部荒诞作品，思想务必以最清醒的状态参与进来。然而，与此同时，思想也绝不可以在作品中显山露水，顶多作为统筹安排的智力。这种反常现象用荒诞解释得通。艺术作品诞生于智力放弃具象的推理，标志着物质世界的胜利。正是清醒的思想激发作品，但是就在这种创作行为中又舍弃了自我。清醒的思想不会受到诱惑，就给描述外加一层明知不合情理的更深刻的意义。艺术作品体现了智力的一种悲剧，但只是间接地成为智力悲剧的证据。荒诞作品要求艺术家必须意识到这些局限，艺术中具体描述别无深意，只表现自身。荒诞作品不能成为一种人生的目的、意义和慰藉。创作或者不创作，改变不了什么。荒诞的创作者并不执着于自己的作品，可以放弃创作，有时也确实放弃了。有一个阿比西尼亚[①]就足够了。

在这里同时可以看到一条美学规则。真正的艺术作品总合乎人性的尺度，本质上是“少说”的作品。在一个艺术家的总体经验和反映这种经验之间，在《威廉·迈斯特》和歌德的成熟时期之间，总有某种关系。如果作品硬要把全部经验置于一种解释文学的花边纸上，那么这种联系就很糟糕。如果作品仅仅是从经验上剪裁下来的一块，仅仅是钻石的一个切面，闪耀着凝聚在内里无所限制的光芒，那么这种联系就很好。在头一种情况下，那是负荷过重并奢求永恒。在第二种情况下，作品则格外繁丰，只因经验尽在不言中，读者能推测出其丰富性。对于荒诞的艺术家，问题就在于获得胜过处世之道的生活本领。总之，伟大的艺术家身处这种环境，首先就要成为人生的大行家，懂得活在世上，既是体验又是思考。因此，作品能体现出一种智力的悲剧。荒诞的作品表明思想放弃了自身的

① 阿比西尼亚，即今之埃塞俄比亚，这里暗指死亡，源于法国象征派诗人兰波之死的传说。据传，兰波于1880年在哈勒尔殒命，实际上并非如此。——译者注

威望，甘愿只充当智力，彰显表象，用大量形象覆盖住没有道理的事物，如果说世界明明白白，艺术则不清不楚。

这里不谈形式艺术或色彩艺术：在那些艺术中，唯独描绘占统治地位，以谦虚姿态显示其流光溢彩。[①]表达始于思想结束之处。那些两眼空洞的年轻人[②]，充斥于神庙和博物馆，而世人将他们的哲学化作行为。在一个荒诞人看来，这种哲学的教益，比所有图书馆加在一起还要大。换个角度看，音乐也是如此。如果说有一种艺术剥离了教导，那恰恰是音乐。这种艺术同数学太相近了，难免不借用数学的无动机性。精神自娱的这种游戏，遵循适度约定的规则，在我们这个有声的空间里进行，振波突破这个空间，汇合而成为一个非人的天宇。绝没有更纯粹的感觉了。这些事例俯拾皆是。荒诞人将这些形式和悦耳的音韵视为己出。

不过，我要在这里谈论一种作品：其解释的意图一向最大，由自身生成幻想，而结论几乎百发百中。我指的是小说创作。我也心生疑虑，荒诞在小说的创作中能否坚持得住。

思想，首先就是要创造一个世界（或者界定自己的天地，这

---

① 我们看到一个有趣的现象，最富智力的画作，力图将现实压缩成基本元素，最终也就只剩下悦目的效果了。这样的画作只保留了世界的色彩。——译者注

② 指陈列在神庙和博物馆里的雕像。——译者注

是一码事）。创造的起点就是将人与其经验分离的根本矛盾，进而沿着人怀旧的思路，找到一块融洽的领地，一个由理性掌控的，或者由类似理性的东西照亮的宇宙，从而解决这种难以容忍的分离。哲学家，即便是康德，也同样是个创造者。哲学家有自己的人物、自己的象征以及自己的隐秘行动，还有自行安排的结局。反之，小说则走在诗歌和随笔的前头，不管表象如何，也只是显示艺术的一种更为广泛的智力化。一定得搞清楚，这里特指最伟大的小说家。一种体裁的丰富性和伟大的程度，从其所包含的糟粕往往能衡量出来。坏小说的数量不应当让人遗忘优秀作品的伟大。最佳小说载有各自的宇宙。小说自有小说的逻辑，也自有推理、直觉和公设，小说也同样要求明晰。①

上文提及的传统对立，在这种特殊情况下，就更加不合理了。那是在容易拆分哲学及其作者的时期，这种对立才大行其道。如今，思想不再扬言囊括世界了，而思想最出色的历史，恐怕就是反

① 应当深思之：这能解释糟糕透顶的小说。几乎所有人都自以为有能力思想，而在一定程度上，也确实在思想。反之，很少有人会想象自己是诗人或者写手。不过，自从思想占了上风，胜过风格时起，大批人趋之若鹜，都染指小说了。这并不像有人说的那样，是个多么大的弊端。最优秀的小说家就会更加严格要求自己了。至于那些倒在写作路上的人，他们本来就不该存活。——作者原注

省痛悔史了。我们也知道，行得通的体系，并不同它的作者分离。《伦理学》[1]，从其自身的某个方面看，不过是一部冗长而苛刻的自白而已。抽象的思想终于回归血肉之躯的依托。同样，肉体和激情的小说游戏的安排，就更加符合一种观看世界的要求。作者不再讲“故事”了，而是创造自己的世界。伟大的小说家是哲理小说家，亦即命题作家的对立面。这里只列举几位，诸如巴尔扎克、萨德、麦尔维尔、斯丹达尔、陀思妥耶夫斯基、普鲁斯特、马尔罗、卡夫卡。

不过，他们选择了用形象，而非用推理写作，这恰恰透露出他们有某种共同的思想，即确信任何解释的原则都用不上了，但他们坚信感性的表象含有教育的信息。他们认为作品既是一种终结，又是一场开端。作品是一种往往不做解释的哲学的成果，是这种哲学的例证和图式。然而，要有这种哲学言外之意的补充，作品才算完整，也终于证实了一种古老主题的变相说法：少许思想使人远离生活，更多思想把人带回生活。思想不能把现实理想化，便止于模仿现实了。这里所指的小说，正是认识现实的工具：这种认识既相对，又取之不尽，酷似对爱情的认识。以爱情为题的小说创作既有

① 荷兰哲学家斯宾诺莎（1632—1677）的代表作。——译者注

初恋时的惊喜，又有无穷的回味。

至少是初始阶段，我承认小说具有这些魅力。但是我也承认，在思想上受屈辱的这些精英有同样的魅力，随后我还得以旁观他们自杀。我所感兴趣的，正是了解并描写是什么力量，将他们拉回幻想的共同之路。因此在这里，为我所用的还是同一方法。这方法已经使用过，我的推理可以缩短，可以及时用一个简明的事例概括出来。我就是想知道，人义无反顾地接受生活之后，是否还能同样义无反顾地工作和创作。究竟是什么道路通向这些自由。我想让我的宇宙摆脱幽灵，仅仅布满我不能否定其存在的有血有肉的真实。我可以创作荒诞作品，选择创作的姿态，而不是迁就别种姿态。不过，一种荒诞的姿态，如若要保持原本原样，就必须始终高度意识到自己的无动机性。作品就是如此。如果荒诞的要求没有得到尊重，如果作品没有反映分离与反抗，而是趋奉幻想并诱发希望，那就谈不上无动机了。我再也脱离不开作品了，我的人生可以从中找出一种意义：这未免可笑。作品再也不是那种超脱和激情的操练，而是消耗壮丽而无用的人生了。

在创作中，解释的诱惑力极大，创作者能够抵制吗？在虚假的世界里，对真实世界的意识又极强烈，我能否忠于荒诞而不趋附下结论的渴望呢？在创作最后的努力中，还要面对同样多的问题。

我们已经明白这些问题意味着什么。正是意识的最后顾虑，唯恐以最后一种幻想为代价，抛弃当初艰难的教诲。创作被认为是意识到荒诞后人可能采取的一种态度，对这种创作有价值的东西也同样对提供给他的生活的各个类型有价值。征服者或者演员，创造者或者唐璜，可以忘却他们的生活演练，却不会意识不到自身的无理性。人特别快就习惯了。人要生活幸福，就得想法儿赚钱，一生最多的精力、最好的时光，都集中在赚钱上。将幸福置于脑后，采取的手段反而成了目的。一个征服者的全部努力，也同样要偏向野心，那不过是通往一种更伟大的生活之路。唐璜亦然，也将接受自己的命运，满足于这种只因反抗才显伟大的人生。对于征服者，那是自觉意识；而对于唐璜，则是反抗。在这两种情况下，荒诞都消失了。人心里执着的希望太多了。一无所有的人，到头来也往往认同幻想了。出于安宁需要的这种认同，则是共存的孪生兄弟，于是就有了光明的神灵和泥塑的偶像[1]。不过，这是中间道路，通向必须找到的那些人的面孔。

迄今为止，倒是荒诞的要求所遭受的挫败，能让我们更好地了

---

① 暗指由但以理讲述的巴比伦王尼布甲尼撒之梦（《旧约·但以理书》第二章）：雕像的头用金箔制成，双足由半泥半铁混合制成，被一块石头砸得粉碎。——原编者注

解这种要求是什么。同样，小说创作也像某些哲学作品那样，可能呈现相同的模糊性，只要提醒我们注意这一点就足够了。因此，我可以选择一部作品来阐明，这部作品汇聚了一切，标明了荒诞的意识，其发端就非常明确，氛围也非常清晰。后果对我们一定会有教益。如果荒诞在作品中未得到尊重，我们也能看出幻想是从什么途径潜入的。一个确切的事例、一个主题、创作者的一种忠诚，这也就足够了。只是同样的分析已经详细做过了。

我要研究陀思妥耶夫斯基偏爱的一个主题。我本来还可以研究其他作品。[①]不过，研读这部作品，可以从崇高和感情的意义上，直接论述这个问题，就像论述前面谈及的存在思想。这种平行关系有助于我达成目标。

---

① 例如马尔罗的作品。然而要论述，就势必同时涉及社会问题，而社会问题，也的确是荒诞思想所不能回避的（尽管荒诞思想给社会问题提出多种迥异的解决办法）。但必须适可而止。——作者原注

基里洛夫

陀思妥耶夫斯基笔下的主人公，无不自行探问人生的意义。他们正是在这一点上成为现代人：他们不害怕出乖露丑。现代敏感性和传统敏感性的区别，就是前者浸淫于形而上问题，而后者浸淫于道德问题。在陀思妥耶夫斯基的小说中，这个问题提得极其尖锐，只能采取极端的解决办法。人的存在，要么是虚假的，要么是永恒的。假如陀思妥耶夫斯基仅限于这样审视问题，那他就是哲学家了。然而，他却表现了精神的这种游戏在人生中可能产生的后果，因此成为艺术家。这些后果，他抓住了最终的那个，即在《作家日记》(以下简称《日记》)中，他本人所称的“逻辑自杀”。在1876年12月出版的那册中，他的确想象了“逻辑自杀”的推理。这个绝望者确信，对一个不相信永生的人来说，人生是一种十足的荒诞，从而得出以下结论：

关于幸福，既然对我的问题，通过我的意识回应我，除非我身处宇宙万物的大和谐中，否则就不可能幸福，这显而易见，我设想不了，也永远无法设想……

既然在这种秩序中，最终我得身兼起诉人和担保人的角色，身兼被告和法官的角色，既然我觉得，大自然排演的这出喜剧十分愚蠢，既然我接受参演甚至认为大失颜面……

我就以无可争议的起诉人和担保人、法官和被告的身份，判处这个大自然，因为大自然竟如此厚颜无耻，毫无顾忌，让我生于世上受苦——我就判处大自然与我同归于尽。[①]

这种立场还不失为幽默。这位自杀者终于自杀，只因在形而上的层面，他“恼羞成怒”。在一定意义上，他这是在进行报复。他就是以这种方式证明，别人“休想制伏他”。然而，我们知道，同一主题体现在基里洛夫，即《群魔》中的这个人物身上，也是逻辑自杀支持者身上，其广阔性就达到令人赞叹的程度。工程师基里洛夫在某处明言，他要了结自己的生命，因为“这是他的理念”。我

① 参看《作家日记》（1876 年 12 月）第 359 页。——原编者注

们完全明白，这个词要从本义来理解。他是为了一种理念、一种思想准备轻生。这是高级自杀。随着一个场景接一个场景展开，基里洛夫的面具也逐渐揭开了，激励他的那种致命的思想也向我们展现出来。实际上，这位工程师照搬了《日记》的推理。他感到上帝必不可少，就应该存在上帝。可是他知道，上帝并不存在，也不可能存在。“你怎么就不明白呢，”他高声说道，“要自杀，有这一条理由就足够啊！”这种态度在他身上，也同样引起一些荒诞的后果。他满不在乎，任由别人利用他的自杀，为他鄙视的一种事业图利。“昨夜我就做出决定，这事儿对我无所谓了。”他终于准备行动了，那种心情混杂着反抗和自由。“我就要自杀，以便确认我的违抗、我这可怕的新自由。”不再是报复，而是反抗了。可见，基里洛夫是个荒诞人物——但对他自杀这一点，要有基本的保留。他本人也解释了这种矛盾，甚至同时透露了最纯粹的荒诞秘密。的确，他为致命的逻辑增添了一种异乎寻常的雄心，赋予人物满足全部心愿的远景：他想自杀从而化为神。

推理具有一种传统性的明晰。如果上帝不存在，基里洛夫就是神。如果上帝不存在，基里洛夫就应该自杀，因而基里洛夫必须为了化为神而自杀。这种逻辑是荒诞的，然而，需要的就是这种逻辑。有趣的倒是给这尊降临大地的神明一种意义。这就等于澄清这一前提："如果上帝不存在，我就是神。"这前提还相当模糊。重要的是，首先应注意到，高调宣示这种痴心妄想的人，确确实实属于这个世界。他每天早晨练体操，以保持健康的体魄。他看到沙托夫与妻子重逢的喜悦，也是感动不已。在他死后发现的一张纸上，是他想画的一张向"他们"吐舌头的鬼脸。他幼稚而又易怒，激情满怀，很有条理，也非常敏感。方方面面，他都是个普遍人，唯独在逻辑和固定理念上，他是个超人。正是这样一个人，平心静气，谈论着他的神性。他没有疯，那么就是陀思妥耶夫斯基疯了。看来，驱使他这样折腾的，并不是一种自大狂的妄想。而这一次，咬文嚼字抠本义，就未免可笑了。

基里洛夫本人，就能帮我们更好理解了。他针对斯塔夫罗金提出的一个问题，明确说他讲的不是一个神人。可以认为这是他有所思虑，要同基督区别开来。其实，他是要将基督归附自己。有一阵，基里洛夫确实想象，基督死的时候，"并没有回到天堂"。当时他已经了解，受酷刑根本没有作用。工程师说道："自然法则，使得基督生活在谎言之中，并且为一种谎言而死去。"仅仅在这种意义上，基督体现了人类的全部悲剧。他是个完人，亦即具体实现了最荒诞的生活状况的那个人。他不是神人，而是人神。我们每人都可以像那样，被钉上十字架，上当受骗——在一定程度上也成为人神了。

由此可见，所谓的神性，不折不扣是人间的事。基里洛夫说道："我花了三年时间，寻找我的神性的标志，还是找见了。我的神性的标志，就是独立性。"从此以后，我们就见识了基里洛夫式前提的意义："如果上帝不存在，我就是神。"成为神，只要在这大地上自由就行了，不再侍奉一个永生的存在物。自不待言，从这种痛苦的独立性中，尤其要得出所有后果。如果上帝存在，一切都听命于上帝，我们丝毫也不能违抗他的意志。如果上帝不存在，一切就由我们做主了。无论对基里洛夫还是对尼采来说，杀死上帝，自己就变为神了——这样，《福音书》所说的永恒生命，在人间就实现了。[①]

不过，假如这种形而上的罪孽就足以使人完善，那又何必徒增一项自杀呢？获得自由之后，为什么还要自杀，离开这个世界呢？这是矛盾的。基里洛夫也十分清楚，他就补充道："你若是感到这一点，你就是个沙皇，就绝不会自杀，就享尽荣华富贵了。"然而，人认识不到，他们感觉不到"这一点"。正像在普罗米修斯那

---

① 斯塔夫罗金："您相信在另一个世界的永恒生命吗？"基里洛夫："不信，但我相信这个世界的永恒生命。"——作者原注

个时代，世人都满怀盲目的希望。[1]他们需要有人指路，他们离不开说教。出于对人类的爱，基里洛夫必须自杀。他责无旁贷，要给同胞兄弟指明一条艰难的康庄大道，而他将是头一个上路的人。这是一种富有教育意义的自杀。基里洛夫就这样牺牲了自己。但是，如果说他被钉上十字架，那也不会是上当受骗。他始终是人神，确信死亡并无前途，心中沉积着福音的忧伤。他说道："我呢，实在不幸，因为我被迫要证实我的自由。"他死了，世人终于警醒，这个世界将遍布沙皇，无不被人的荣光照亮。基里洛夫的手枪一响，便是终极革命的信号。可见，促使他决心一死的并不是绝望，而是同胞对他本人的爱。一场难以描摹的精神冒险在血泊中结束之前，基里洛夫讲了一句："一切皆善。"这是和人类痛苦同样古老的一句话。

因此，在陀思妥耶夫斯基的作品中，这种自杀的主题就是一个荒诞的主题。进一步论述之前，我只想说明，基里洛夫还会活跃在其他人物的行为中，而那些人物又引出新的荒诞主题。斯塔夫罗金和伊凡·卡拉马佐夫在实际生活中应用了荒诞的真理，正是基

① "人为了不自杀，只好发明了上帝。这就是迄今为止，人类通史的概要。"——作者原注

里洛夫之死解放了他们。他们试图成为沙皇。斯塔夫罗金过着一种“嘲弄的”生活，是什么样的生活，大家应该相当了解。他惹起周围的人仇恨。然而，这个人物的关键语，则出现在他的诀别信中：“无论什么，我都憎恶不起来。”他是沉浸在冷漠中的沙皇。伊凡不肯放弃精神的王权，同样成为沙皇。他兄弟这一类人用他们的生活证明，要信仰就必须自惭形秽，他就可以回敬他们，那种生活状况实在可鄙。他的关键语是“随心所欲”，还带着合乎分寸的忧伤色彩。当然，他最终疯癫了，也像谋杀上帝的最著名的凶手尼采那样。不过，这还是值得一冒的风险，而面对这样悲惨的结局，荒诞精神的基本反应就是问一句：“这能证明什么呢？”

就这样，小说也同《日记》一样，提出了荒诞问题，小说确立了直至死亡的逻辑，也确立了激昂的情绪，“可怕的”自由[①]、变为人性的沙皇的荣光。一切皆善，随心所欲，世间万物皆不可憎恶：这些就是荒诞的判断。这些冰火双重人物，与我们如此亲近，该是多么神奇的创造啊！在他们心中轰鸣的那个冷漠的充满激情的世界，我们丝毫也不觉得骇人听闻。我们从中还能发现我们日常的焦

---

① 伊凡·卡拉马佐夫抛掉基督，只因基督想要教给人一种他们承担不起的自由。——作者原注

虑。恐怕再也没有人像陀思妥耶夫斯基这样，善于将如此贴近我们又如此折磨人的魔力赋予荒诞世界。

可是，他得出了什么结论呢？可以引用两段话，表明形而上的完全颠倒，引导作家得出别的启示。由于逻辑自杀的推理引起了批评家的一些异议，陀思妥耶夫斯基在随后推出的《日记》中，阐明了他的立场，得出这样的结论："如果对人来说，相信永生至关重要（没有这种信念就可能自杀），这是因为这种信念成为人类的常态。既然如此，那么毫无疑问，就必定存在人的灵魂的永生。"[①]另一段话，是在他的最后一部小说的最后几页，正当同上帝的这场大战结束之际，孩子们问阿辽沙[②]："卡拉马佐夫，宗教说的是真的吗？我们死后还能复活，还能见面吗？"阿辽沙回答道："当然了，我们还能见面，我们欢快地相互讲述所发生的一切。"

就这样，基里洛夫、斯塔夫罗金和伊凡，全都战败了。《卡拉马佐夫兄弟》回答了《群魔》，终归得有个结论。阿辽沙的态度不像梅里金公爵[③]那样模棱两可。公爵是个病人，永远生活在当下，

---

① 引自陀思妥耶夫斯基《作家日记》，括号中的文字为加缪所加。——原编者注

② 《卡拉马佐夫兄弟》的主人公之一，另一个便是伊凡。——译者注

③ 陀思妥耶夫斯基小说《白痴》中的主人公。——译者注

脸上总泛着笑意，一副漠不关心的样子。这种幸福安逸的状态，就是公爵所说的永生。阿辽沙则不然，说得更透彻：“我们还能见面。”再也不存在自杀和疯癫的问题了。既然确信永生和自己的快乐，还何必自杀呢？人用神性换取了幸福。“我们欢快地相互讲述所发生的一切。”就这样，基里洛夫的手枪，还在俄罗斯某个地方打响，然而世界还继续推动着它那些盲目的希望。世人并没有明白“这一点”。

可见，对我们讲话的并不是一位荒诞派小说家，而是一位存在派小说家。这里的跳跃，还是颇为感人的，赋予了启迪他的艺术应有的崇高性。这是一种动人的认同，充满怀疑，变化不定，热情似火。陀思妥耶夫斯基谈到《卡拉马佐夫兄弟》时，这样写道：“贯穿这本书各个部分的主要问题，正是我终生有意识或无意识深感痛苦的问题，即是否存在上帝。”真难以相信，一部小说就足以将一生的痛苦转化为实实在在的快乐。

一位评论者[①]准确地指出：陀思妥耶夫斯基与伊凡联手把《卡拉马佐夫兄弟》的章节确定下来使他奋笔疾书三个月，而他所称的

① 指鲍里斯·德·施莱泽（1881—1969），法国文学翻译家，《群魔》的法文版译者。——原编者注

“渎神的部分”，在亢奋中用了三周就写成。他笔下的人物，肉体中无不扎着这根刺，无不激化刺痛，也无不想从中在感受上或非道德上找到药方。[1]不管怎样，还是让我们驻足在这种怀疑上。正是在这样一部作品中，半明半暗的氛围比强烈的光照更加荡人心腑，我们能够抓住人对抗自己希望的斗争。创作者走到终点，转而对抗自己创造的人物。这种矛盾倒允许我们引入一点点差异。不是指一部荒诞作品，而是一部提出荒诞问题的作品。

陀思妥耶夫斯基的回答是屈辱的，拿斯塔夫罗金的话来说，就是“羞耻”。一部荒诞作品正相反，并不提供答案，整个差异就在这里。最后还应强调一点：在这部作品中，驳斥荒诞的并非它的基督教特色，而是它对未来生活的宣告。人可以同时为基督徒和荒诞人。身为基督徒而不相信未来生活，有这种事例。至于艺术作品，可以明确指出荒诞分析的一种导向，而这种导向，我们从上文就已经预感到了。导向提出“《福音书》的荒诞性”。这种导向也澄清了频频反弹的这种理念，即信念并不妨碍怀疑。我反而却清楚地看到，《群魔》的作者虽然是轻车熟路了，最终却走上一条截然不同

---

① 纪德对此表明的看法既新奇又深刻：陀思妥耶夫斯基笔下的人物，几乎都是多配偶的。（安德烈·纪德：《论陀思妥耶夫斯基》，伽利玛文集丛书《文论卷》）——原编者注

的路。创造者给他的人物惊人的回答，陀思妥耶夫斯基给基里洛夫的回答，其实可以概括为这样一句话：人生是虚幻的，也是永恒的。

没有前途的创作

至此我便领悟到，不可能永远回避希望，甚至那些意欲摆脱希望的人，也可能受到困扰。这就是在此前谈论的作品中，我所发现的意义。至少我可以在创作方面，列举几部真正的荒诞作品。[①]但是，凡事总得有个开头。这次研究的对象，就是某种忠诚。教会对异端分子那么凶狠，就因为在教会眼里，最危险的敌人莫过于迷途的孩子。但是历史表明，诺斯替教派[②]的大无畏精神以及摩尼教派[③]的源远流长，对正统教条的创立所做的贡献胜过了所有祈祷。

① 例如麦尔维尔的《白鲸》。——作者原注

② 诺斯替教派始为一种宗教哲学学说，后转化为神秘主义教派，公元1—3世纪，流行于地中海东部沿岸各地。——译者注

③ 波斯人摩尼（约216—约276）创建的教派，他本想创建一种永福的世界性宗教，后被波斯王处死。——译者注

比较而言，荒诞也同样如此。大家承认荒诞之路，却又发现各种各样偏离的途径。荒诞推理即使到了终点，在遵循这种逻辑的一种态度中，还能看到以催人泪下的形象乘虚而入的希望；这就不可小视了。这表明荒诞的苦行有多么艰难，尤其表明不断保持觉醒又多么有必要，同时也吻合本论著的大框架。

如果说这还谈不上清点荒诞作品的话，那么根据创作态度，一种能补足荒诞存在的态度，也可以得出结论。唯独一种否定思想，才能如此给力地为艺术所用。艺术的隐晦与谦卑的手段，对理解一部伟大作品十分必要，正如黑之于白那样必不可少。劳作和创造，“什么也不图”，用泥土塑造，明知自己的作品没有前景，甚至可能毁于一旦，同时也清醒地意识到，归根结底，创造传世之作也不见得更为重要，这是荒诞思想所认可的难得的智慧。这两种任务同时执行，一方面否定，另一方面又激励，这便是为荒诞作品创造者敞开的道路。他必须给虚无涂上色彩。

这就是导向艺术作品的一种特殊构思。创造者的作品被视为一系列孤立的见证，这种情况太常见了。这是将艺术家和文人混为一谈。一种深邃的思想，总是不断地生成，结合人生经验，在人生中逐渐加工制作出来。同样，一个人独有的创造，就要在一部部作品相继呈现的众多面孔中，越来越牢固而鲜明。一些作品可以补充另一些作品，可以修改或校正，也可以反驳另一些作品。如果有什么东西终结了创造，那可不是盲目的艺术家发出的虚幻的胜利呼声：“我全说到了。”而是创造者之死，合上了他的经验和他的天才书卷。

这种努力，这种超人的意识，不见得非出现在读者眼前。人的创造并无神秘可言。意志创造了奇迹。但是至少，真正的创造无不包含秘密。一系列的作品，恐怕就是同一思想一系列相近的表现。不过，也可以设想另一类的创造者，他们采用的是并列法。他们的作品相互之间似乎没有什么关联，而且在一定程度上还是矛盾的。然而，这些作品重又归拢到一起，也就恢复了原来的秩序。作品的最终意义，还是从死亡获取的，作品也接受了各自作者生命之光的最亮眼的部分。在这种时候，他的系列作品不过是一系列的挫败。然而，这些挫败如果说都保留了同样的共鸣，那么创造者就会重复自身生存状况的形象，让自己所掌握的无果的秘密反响回荡。

在这里，掌握发力非同小可，但人的智力还是绰绰有余。智力只表明创造有意识的一面。我曾在别处指出，人的意志旨在保持意识，并无别种目的。不过，没有法则还是行不通的。在所有隐忍派和清醒派的修炼中，创造应该最见效力。创造也是人的尊严唯一激动人心的见证：顽强反抗自己的生存现状，在成果无望的抗争中坚持不懈。每日每时都需奋力，控制住自己，准确地估量真实的界限，还需讲究分寸、掌握力道。创造是一种苦行的过程。这一切“什么也不图”，只为重复和原地踏步。不过，伟大的艺术作品本身也许并不那么重要，更应重视它要求人经受的考验以及它给人提供的机会：战胜心生的幽灵，更接近一点儿自身赤裸裸的现实。

不要误解了美学。我这里提起的，并不是耐心的陈述，不断而无效地阐明一个主题。如果我表达得清楚的话，情况正相反。命题小说，即旨在证明的作品，是最为可憎的作品，往往是受一种“踌躇满志”的思想的启发。自以为掌握了真理，就忍不住炫耀。然而，在作品中推行的是观念，而观念却是思想的反面。这些创作者是些羞惭的哲学家。而我所说的，或者我所想象的那些创造者却是一些清醒的思想家。在思想反省的某一点上，他们树立起了自己作品的形象，视为一种局限的、短命的反抗思想的象征。

这些作品或许证明了什么事。不过这些证据，作者多留于自己，只是少量提供给别人。关键是他们在具象中获胜了，这就是他们的伟大之处。这种有血有肉的胜利，正是抽象的权力蒙羞的一种思想为他们准备的。等到抽象的权力羞愧难当的时候，肉体立即发挥能量，促使创造的作品大放荒诞的光芒。这便是反讽的哲学家创作出激情四射的作品。

凡是放弃一统的思想，势必激发多样性，而多样性就是艺术的地盘。唯一能解放精神的思想，就是放任精神不管，任由精神确信自己的界限和临近的结局。精神不受任何学说的撩拨，只等待作品和生命成熟起来。作品一旦离开了精神，就会再次让人听见一颗心几乎振聋发聩的声音，那是永远摆脱希望的心声；抑或，不会让人听见任何声音，假如创造者厌倦了这场游戏，力图转身。这还是一码事儿。

总之，我对荒诞创造的要求，也正是我对思想的责求，即反抗、自由和多样性。接下来，荒诞创造就要显示其深刻的无用性。荒诞人每天都这样努力，智力和激情相交混、相提携，从而发现一条将造就他主要力量的法则。必须身体力行，执着与明察，配合征服者的姿态。创造，就是这样给了他的命运一种形貌。对所有这些人物来说，作品把他们确定下来，至少相当于他们确定了作品。演员已经教我们明白，在表象和存在之间并没有界限。

再重复一遍，这一切没有实际意义。在这条自由的路上，还要往前走一段。无论创造者还是征服者，这些有亲缘关系的精神，还要最后努力一把，也要善于从自己的事业中解放出来：最终承认作品本身，不管是征服、爱情还是创造，都可以视若不存在，从而了结个体一生的深刻无用性。这样甚至使他们更容易完成作品，正像瞥见了生活的荒诞性那样，他们就可以放开手脚，毫无节制地投入生活了。

余下的便是命运了，唯一的出路已经注定。除了死亡，这唯一注定的命运，快乐或者幸福，一切都自由了。世界照样存在，人还是唯一的主人。维系着人的，是对另一个世界的幻想。人的思想的命运，不再是自暴自弃，而是化为形象，重新活跃起来。思想活灵活现——当然是表演神话——神话的深度不外乎人类痛苦的深度，也像人类的痛苦一样无穷无尽。取悦于人并蒙蔽人的，倒不是神化寓言，而是人世的面貌、行为和悲剧，其中浓缩了一种难得的智慧和一种无前途的激情。

西西弗神话

诸神判罚西西弗将一块巨石不断地推上山顶，巨石一次又一次因自身重量而滚落下去。诸神当初不无道理地认为，最可怕的惩罚，莫过于无用而又无望的劳作。

如果相信荷马的说法，西西弗就是最聪明、最谨慎的凡人。不过，按照另一种传说，他倾向于强盗的勾当。我看这两者并不矛盾。他之所以成为地狱无效的劳作者，其动因看法不一。起初，有人指责他对诸神有点轻慢，泄露了神的秘密。河神阿索波斯的女儿埃癸娜[①]被宙斯劫走。女儿失踪，父亲很是诧异，便对西西弗发牢骚。西西弗了解这个劫持事件，准备告诉他，但提出条件，要阿索

① 埃癸娜，希腊神话人物，河神女儿，被主神宙斯掠走。她父亲要夺回她，却被宙斯用雷击伤。后来埃癸娜与宙斯生了埃阿科斯——阿喀琉斯的祖父。——译者注

波斯给科林斯城堡供水。西西弗不惧上天的霹雳，情愿要水的恩泽。因此，他被打入地狱。荷马还向我们讲述，西西弗曾经锁住过死神。普路同[1]眼见自己的王国荒凉沉寂，哪里忍受得了，便力促战神去把死神从胜利者的手中夺回来。

还有一种说法，西西弗人之将死，还要考验一下妻子的爱情。他命令妻子将其尸体抛于广场中央，以求死无葬身之地。后来西西弗下到地狱，心中十分恼火，觉得如此顺从他的遗嘱已经违背人的爱情了，于是求得普路同的允许，返回人间去惩罚他的妻子。然而，西西弗一旦重睹人世的面貌，感受到水和阳光、灼热的石头和大海，他就不愿意再回到昏暗的地狱了。冥王再怎么召回、愤怒和警告，也丝毫不起作用。西西弗面对弧形的海湾、明亮的大海和欢乐的大地，流连忘返，又生活了许多年。诸神必须做出决定。于是，墨丘利[2]亲自出马，揪住这个胆大妄为者的脖领，把他从欢乐中拉走，强行带回地狱：地狱早已为他准备好了大石头。

大家已经明白，西西弗就是荒诞的英雄。这样讲，既由于他的激情，也由于他的磨难。他鄙视诸神，仇恨死亡，热爱生活，但这

---

① 普路同，罗马神话中的冥王，即希腊神话中的哈迪斯。——译者注

② 墨丘利，罗马神话中的众神的使者、亡灵的接引神，即希腊神话中的赫耳墨斯。——译者注

使他遭受了不可名状的酷刑：毕其终生也一无所成。这就是热爱这片大地必须付出的代价。关于西西弗在地狱的情景，没人告诉我们具体情形。神话编出来，要借想象力鲜活起来。至于这则神话，我们仅仅看到一副绷紧的躯体，全力推着巨石滚动上山，无数次重复同样的动作；仅仅看到那张抽搐的脸，脸颊紧紧抵着石头，一个肩头扛住沾满泥土的庞然大物，一只脚撑住，双臂再往上掀动，满是泥土的双手充分显示他的稳健。这种长久的奋力，只能用无顶的空间和无底的时间来衡量，终于到达目的地。然而，西西弗却眼睁睁看着巨石转瞬间又滚落到山下，必须重新推上山顶。于是，他又下山走向平原。

我所感兴趣的，正是在这样回返、这种间歇中的西西弗。一张受苦受难的脸，那么贴近石头，已然化作石头了！我看见这个人迈着均匀的沉重步伐，重又下山，走向他也不知尽头的磨难。这一时刻仿佛一阵喘息，同他的不幸一样，肯定会去而复来，这便是意识活跃的时刻。每逢这种时刻，他离开山顶，渐渐深入神仙的洞府，那形象就高出他的命运，比他的那块巨石更坚忍而强大。

这则神话可谓悲壮，正因为主人公具有清醒的意识。如果每走一步，都有成功的希望来支撑，那么他的痛苦又焉在？如今的工人，一生中天天劳作，干同样的活儿，这种命运也不失为荒诞。

然而，只有在工人变得有意识的少许时刻，命运才是悲惨的。西西弗，诸神中的无产者，既无能为力又起而反抗，他全面了解他那悲惨的生存境况；他每次下山时，思考的正是生存境况。可以说，洞察力既造成他的痛苦，同时也促成了他的胜利。以鄙视的态度就没有战胜不了的命运。

这样一趟趟下山，如果说有些日子行走在痛苦里，也有可能走在欢乐中。“欢乐”一词并不多余。我还想象西西弗回到巨石前，痛苦从头开始。当大地的景象过分强烈地占据记忆，当幸福的呼唤冲击太大的时候，人心就难免油然而生忧伤的情绪，这就是巨石的胜利，人就成为巨石的化身。巨大的创伤，实在不堪重负。这就是我们的客西马尼之夜[①]。然而，不可抗拒的真理一旦被认识就消泯了。俄狄浦斯就是如此，起初顺应命运而不自知，从他知晓的那一刻起，他的悲剧便开场了。可是，就在同一时刻，他弄瞎双眼，陷入绝望，承认他同这个世界的唯一联系，就是一个小姑娘细皮嫩肉的手。于是，他铿锵有力地讲出一句博大精深的话：“尽管罹难重重，我这高龄和我这高尚的心灵，却能让我断定一切皆善。”索福克勒斯笔下的俄狄浦斯，也像陀思妥耶夫斯基笔下的基里洛夫一

---

① 客西马尼，耶路撒冷附近的一座园子，坐落在橄榄山山脚。耶稣因被犹大出卖而被捕的前一夜，在园中为门徒们祷告。——译者注

样，提供了荒诞胜利的一种样式。古代的智慧和现代的英雄主义不期而遇了。

没有写一本幸福教科书的意愿，就发现不了荒诞。“咦！怎么，路径都这么逼仄？……”然而，世界只有一个。幸福和荒诞是同一片大地的孪生子，两者是分不开的。若说幸福势必诞生于荒诞的发现，这恐怕是谬见。荒诞感也完全可能诞生于幸福。“我断定一切皆善。”俄狄浦斯如是说。这句话是神圣的，响彻凶险而有限的人生天地。这句话教育我们，一切尚未耗尽，也未曾耗尽。此话一出，就逐走一尊怀着不满和对无畏痛苦的喜好而进入人世的神。此话将命运变成一件人事，应当在人际之间解决。

西西弗无声的喜悦，就全部体现在这里。他的命运属于自己。那块巨石是他的东西。同样，荒诞人一旦凝注自己的痛苦，就封住了所有偶像的口。在突然恢复寂静的天宇中，土地便升起万千细微的惊叹声音。无意识而隐秘的呼唤、各种各样面孔的邀请，都是必不可少的反面和胜利的代价。有太阳必有阴影，一定得了解黑夜。荒诞人说声“是”，就会持续不断地做出努力。如果说有一种个人命运的话，也绝不是至高无上的命运，要不然，也只有那么一种，荒诞人认为是注定而可鄙视的命运。除此之外，他清楚自己的岁月由自己做主。在这种微妙的时刻，返回自己的生活，西西弗回到他的巨石前，凝视这一系列行为，这些没有关联的行为变成他的命运，而这命运又是他创造的，在他记忆的目光下协调一致，很快再由他的死盖棺论定。就这样，确信一切的根源只在于人，就像盲人虽然失明，却渴望看见并知道黑夜无尽头，他不停地走。巨石仍在滚动。

我就把西西弗丢在山脚下。他那重负，我们总能再见到。不过，西西弗教给人升华的忠诚，既否定诸神又推石上山。他也一样，断定一切皆善。这片天地，从此没有了救世主，在他看来既没有更贫瘠，也不是渺不足道。这块石头的每一颗粒、这座夜色弥漫的高山上每道矿石的闪光，都单独为他形成一个世界。推石上山这场搏斗本身，就足以充实一颗人心。应该想象一下幸福的西西弗。

附录

这场令人难以置信的宣判，
最终不顾连鼹鼠都参与进来的冀望，
开释了这个丑恶而癫狂的世界。

弗兰茨·卡夫卡作品中的希望与荒诞

卡夫卡的全部艺术，就是迫使读者重复阅读。作品的结局，抑或缺少结局，总是言犹未尽，而弦外之音又含糊不清，为了显得有根据，就要从新的角度再读一遍故事。时而有两种解读的可能性，因此有必要进行两次阅读。这正是作者的索求。不过，看卡夫卡的作品，什么细节都想解释清楚，那未免就错了。一种象征总是带有普遍性，不管诠释得多么确切，艺术家也只能再现其动态：不可能逐字逐句地相对应。总之，最难理解的莫过于象征性作品。一种象征总要超越应用者，让他实际说出来的东西大大超过他要表达的意思。在象征方面，要想掌握，最可靠的办法就是不去撩拨，也不带着定见进入作品，更不去探究那些暗流。尤其是对卡夫卡，必须老老实实顺随他的笔势，从表层切入情节，从形式研读小说。

若是一个无所用心的读者，粗略一看，尽是些令人不安的奇奇怪怪的事，裹挟着战战兢兢的人物，他们固执地追寻他们永远也说不清的问题。在《审判》中，约瑟夫·K成为被告。但是指控什么，他不甚了了。他当然要为自己辩护，可又不知道所为何事，律师们认为他的案子很棘手。在此期间，他什么也没有耽误，仍旧谈情说爱，吃好喝好，照常看报。后来，开庭审判，法庭光线昏暗，他也是莫名其妙，只是想必自己被判了，至于判了什么罪，他也没有细想。有时他还怀疑有没有这事儿，生活还在继续。过了很久，有两位穿着讲究的先生来找他，他们彬彬有礼，把他带到荒郊野外，将他的头按在石头上，扼喉使他气绝。犯人死前只讲了一句话："就像条狗。"

由此可见，一篇叙事体小说，最明显的长处恰恰是自然，就很难谈论象征了。的确，以种类而分，自然是难以理解的。有些作品，读者觉得情节很自然。不过，还有些作品（不错，更为少见），人物觉得自己的遭遇是自然而然的。有一种反常现象很明显，人物的遭遇越离奇，叙事则显得越自然；同样，在一个人奇特的生涯与他接受这种生活的单纯态度之间，我们所感到的差距正好和这种反常现象成正比关系。这种自然似乎就是卡夫卡的自然。我们清楚地感到《审判》要说什么。有人谈到这是人生状况的一种形象，未尝不可。然而，说起来既简单得多，也复杂得多。我是说这部小说的意义更独特，更具卡夫卡的个性。在一定程度上，如果说他是在听我们忏悔，而说话的却是他。他活在世上，但是他被判决了。他从小说开头几页就知道了，而他在这世上继续写这部小说，即使力图有所补救，也不会发生什么出乎意料的情况。生活这样缺少惊奇，他倒总是惊诧不已。我们正是从这类矛盾中，看出荒诞作品的最初征象。聪慧者将自己的精神悲剧投射到具体事物中，也只能借助于一种惯用的反常手段，赋予色彩以描绘虚无的表现力，赋予日常行为以演示永恒悲剧的力量。

同样，《城堡》也许是一部行为神学，但首先是个人的奇妙经历：一个灵魂寻求上帝的宽恕，一名男子要求世间物体交出崇高的秘密，要求女子透露沉睡在她们体内的神。而《变形记》则无可置疑，展现了一种超感观知觉伦理的一系列可怖图景，也是一个人不知不觉就变为甲虫后感到无比惊奇的产物。卡夫卡的秘密，就寓于这种根本性的模棱两可之中。在自然和异常、个体和万物、悲剧和日常生活、荒诞和逻辑之间，这种恒久的摇摆，贯穿了卡夫卡的全部作品，使得作品既引起共鸣，又富有意义。要想理解荒诞作品，就应该历数这些反常现象，就应该强调这些矛盾。

一种象征，其实意味着两个方面，即观念和感觉的两个世界，以及沟通这两个世界的一部词典。最难编写的还是这部词典的词汇表。不过，认清明摆在眼前的这两个世界，就是踏上探测两个世界秘密关系之路。在卡夫卡的作品中，这两个世界，一方面是日常生活，另一方面则是超自然的惴惴不安。[1]我们这里所看到的，似乎是无休止地发掘尼采的这句话："重大问题都在街巷里。"

在人类的生存状况中，既有根本性的荒诞，又有势不可当的伟大，这是一切文学共生的领地。荒诞与伟大相逢，自然天成。再重复一遍，这两者都以可笑的离异自居，即分开我们灵魂的放纵和我们肉体短暂的欢乐。荒诞，正是因为这肉体的灵魂极大地超越了载体。意欲表现这种荒诞性的人，就必须玩一场这种对立平行面的游戏，赋予荒诞性以鲜活的生活。这正是卡夫卡的手法：以日常生活表现悲剧，以逻辑表现荒诞性。

一名演员扮演悲剧人物，越是避免夸张，就越能把角色演活。如果表演有节制，那么演员引起的恐怖就会失控。在这方面，希腊悲剧极富教益。在一部悲剧作品里，命运以逻辑和自然的面目出现，给人的感受总是更为深刻。俄狄浦斯的命运事先就预告了。他要犯下弑父和乱伦的罪过，这是超自然的命运。剧情的全部发展就是要表现逻辑系统，一步一步推演，最终造成主人公的不幸。仅仅

---

① 应当指出，从社会批评的角度，同样也可以合情合理地诠释卡夫卡的作品（例如《审判》）。况且，很可能没有选择的余地。两种解释都可取。我们已经见过拿荒诞术语来说，"反抗世人"也是"反抗上帝"，伟大的革命总是形而上的。——作者原注

向我们宣告，这种几乎不存在的命运并不可怕，只因这不像确有其事。然而，这种命运的必然性，如果是在日常生活，是在社会、国家、家庭情感的范围内向我们展示出来，那么引起的恐惧就会震撼人心。人受到震撼，会说“这不可能”，语气中已经道出绝望的肯定：“这”有可能。

这是希腊悲剧的全部秘密，至少是其秘密的一个方面。因为还有另一方面，即采用一种相反的方法，能使我们进一步理解卡夫卡。人心有一种不良倾向，仅仅把摧残人心的称为命运。其实，幸福也是啊！以幸运的方式，无缘无故，既然来了躲也躲不开。可是，现代人遇到好运来了时，却贪天之功，归于自己的才德。正相反，希腊悲剧中那些天赐的福运，传说中的那些上天的宠儿，就像尤利西斯，无论遭遇多么凶险的境况，总能幸免于难，安然无恙，这些都值得大谈特谈。

不管怎样，总该记住这一点：正是这种隐秘的复杂关系，在悲剧中将逻辑和日常生活结合起来。这就是为什么，《变形记》的主人公萨姆沙是一名旅行推销员。这就是为什么，他在怪异的遭遇中变为甲虫，唯一的苦恼就是他缺勤会惹得老板不满。他长出了爪子和触须，脊背躬起来，肚子上出现点点白斑——我不能说他对此毫不奇怪，那就没有效果了——不过，这只是引起他“略微不安”。卡夫卡的全部艺术，就体现在这种细微的差异上。在他的主要作品《城堡》中，日常生活的细节重又占了上风；然而在这部怪异的小说中，一切都没有结果，一切都周而复始，具象地表现一个灵魂寻求至宠的主要奇遇。将这种问题化为行动，一般与个别的巧合重叠；我们也应当看出，这正是任何伟大的创造者常用的小手法。在《审判》中，主人公也可以叫施密特，或者弗兰茨·卡夫卡。但是他叫约瑟夫·K，不是卡夫卡，然而就是他。他是一个普通的欧洲人，芸芸众生的一分子。不过，这也是实体K，在解这个血肉方程式的X。

同样，如果卡夫卡想要表现荒诞，那么他会运用连贯性。大家都知道疯子在澡盆里钓鱼的故事。一位对精神病治疗有方的医生问他："咬钩了吗？"只见他毫不客气地回答："没有，笨蛋，这是在澡盆里呀。"这则故事颇为怪异，但是从中能明显地领悟出，荒诞的效果同过分的逻辑结合得多么紧密。卡夫卡的世界，其实就是一方不可言状的天地，人决心自虐，在澡盆里钓鱼，明明知道什么也钓不上来。

由此我看出，原则上这是一部荒诞作品。以《审判》为例，可以说是不折不扣的成功。肉体获胜。毫无缺憾，既有尽在不言中的反抗（也正是反抗在书写），又有沉默而清醒的绝望（也正是绝望在创造），更有小说人物直到难免一死都展现的那种惊人的行动自由。

然而，这个世界并不像看上去那么封闭。在这个没有进步的天宇下，卡夫卡要以特殊形式引入希望。在这一点上《审判》和《城堡》所用的路子不同，但两者相辅相成。从这一部到另一部作品，隐隐可见难以觉察的进展，表明在遁世方面取得了不可估摸的成效。《审判》提出的一个问题，在一定程度上，由《城堡》解决了。前者文中描述，遵循的方法近乎科学，却没有结论，而后者在一定程度上做出了解释。《审判》诊断病情，《城堡》设想疗法。不过，这里开出的药方治不了病，仅仅将病症打发回正常生活中，并且帮助人接受这种病痛。在某种意义上（想一想克尔恺郭尔），还让人珍视病症。土地测量员K除了忧心忡忡的焦虑，真想象不出还有别的什么焦虑的事。就是他周围的那些人，也沉迷于这种虚无和这种无名的痛苦，就好像在这里，痛苦换上了一副受人宠爱的面孔。“我需要你，”弗丽达对K说道，“自从认识你，只要你不在我身边，我就觉得没着没落。”这种精妙的药方，倒促使我们爱上摧垮我们的东西，在一个没有出路的世界中催生希望，这纵身一跳，一切便改观了，这就是存在革命和《城堡》本身的秘密。

很少有作品像《城堡》这样，推理的手法如此严密。K被任命为城堡的土地测量员。为此他到了村庄，可是从村庄到城堡，却没有通行之路。在数百页的描述中，K坚韧不拔，寻找通道，采取各种手段，还要花招，从来也不气馁，表现出一种令人困惑不解的信念，就是要承担起委任给他的职务。每一章都是一场失败，同时也是新的开端。这并不合逻辑，却是一以贯之的恒心。这种死心塌地的大气魄，成就了作品的悲剧性。K给城堡打电话，话筒里传来的尽是嘈杂而含混的声音、模糊的嬉笑、遥远的呼唤。这足以支撑他的希望，犹如夏季的天空出现的那种气象，或者暮晚那种可待的期望，给了我们继续生活的理由。我们能在作品中发现卡夫卡的秘密：那种特有的忧伤。的的确确，同样的忧伤，我们在普鲁斯特的作品中，或者在普罗提诺描绘的风景——怀恋失去的天堂中，都能感受得到。奥尔嘉说道："今天早晨巴纳贝对我说，他要去城堡，我立时忧闷，怅然若失。他跑这趟有可能徒劳，这一天有可能虚度，这种希望有可能落空。""有可能"，卡夫卡还是在这种差异上，下注押了他的全部作品。可是，不会有任何效果，在作品中追求永恒的行为细微琐碎。卡夫卡小说的人物，这些有灵性的木偶给我们展示的形象，也正是我们被剥夺了消遣[①]，完全屈从于神明时

① 在《城堡》中，帕斯卡尔意义上的"消遣"，仿佛是通过卫士们表现出来的，"转移"了K的忧烦。最终弗丽达之所以成为一名卫士的情妇，那是因为她偏爱装饰胜过真实，偏爱日常生活而不愿与人分担忧虑。——作者原注

的模样。

在《城堡》中，这种对日常生活的屈从，转变为一种伦理。K的巨大希望，就是争取让城堡接纳他。他独自一人却办不到，付出的全部努力去获得这种恩典。成为村庄的居民，抛掉人人都让他感到的外乡人的身份。他渴求的是有个职业，有个家，过上健康男人的正常生活。他再也受不了自己这样疯疯癫癫了，想要变得通情达理。让他在村中成为外乡人的特异魔咒，他很想摆脱掉。弗丽达的这段插曲，在这方面意味深长。这个女人认识城堡的一位官员。K跟她建立情爱关系，也是考虑她那段过去，能从她身上汲取某种超越他的东西——同时他也意识到那种使她永远不配进城堡的东西。我们就此可以联想到克尔恺郭尔对雷吉娜·奥尔森的特殊的爱。在一些人身上，吞噬他们的心的永恒之火相当猛烈，他们就顺便，也将身边人的心投进火中烧毁。把不属于上帝的东西给了上帝，这种灾难性的谬误也正是《城堡》这一插曲的主题。不过，在卡夫卡看来，这似乎算不上谬误，而是一种意义、一次跳跃，没有什么是不属于上帝的。

更意味深长的是，土地测量员背离弗丽达，又去追求巴纳贝姐妹，只因在这村中，唯独巴纳贝一家完全被城堡和村庄抛弃了。姐姐阿玛丽雅拒绝了城堡一个官员的无耻求欢。随之而来的不道德的诅咒，使她永远得不到上帝的宠爱。不能为上帝丧失贞节，就不配获取上帝的恩宠。我们认出这是存在哲学一个惯常的命题：真理与道德背道而驰。在这部小说里，事情还要过分。因为，卡夫卡的主人公走完的那条路，即从弗丽达走到巴纳贝姐妹，也正是从两情相悦通向荒诞的神化之路。在这条路上，卡夫卡的思想又同克尔恺郭尔相会了。《巴纳贝的故事》安排在书的结尾，一点儿也不奇怪。土地测量员最后还要试一把，就是通过否定上帝的东西重新找到上帝，不是根据我们的善与美的类别来认知，而是由他的冷漠、不公和仇恨的空虚而丑恶的面孔来显示。这个要求城堡接纳的外乡人，在他旅程的终了，更加穷途末路了，因为这回，他不再信守初衷，放弃了道德、逻辑和精神的真理，仅仅怀着丧失理性的希望，试图进入圣宠的荒漠。①

希望的字眼儿，在这里并不可笑。相反，卡夫卡讲述的境况越凄惨，这种希望就更加拘执，更具挑战性。《审判》的荒诞越是真实可信，《城堡》的这种激情跳跃，就越显得动人而又不近情理。而且我们在这里重又发现纯粹状态的存在哲学思想的悖论，如克尔恺郭尔所表达的这样：“应该击毙人间的希望，这样才可能通过

① 此话显然仅仅适用于卡夫卡给我们留下的《城堡》未完成稿，否则真值得怀疑，作家怎么会在最后几章，打破小说讲述语气的统一。——原编者注

真正的希望[1]获得拯救。”这句话可以诠释为：为了着手写《城堡》，必须先写出《审判》来。

谈论卡夫卡的人，实际上大多把他的作品界定为绝望的呼号，却没有给人留下一丁点儿的救护。这种看法有待审核。希望与希望自不相同。亨利·波尔多[2]先生的乐观作品，在我看来令人沮丧。只因在他的作品中，根本容不得稍微有点挑剔的心。马尔罗的思想则相反，总是让人振奋。其实这两种情况，希望不一样，绝望也不一样。我仅仅看到，荒诞作品本身可能导致我要避免的那种不忠失信。作品，只是无意义地重复一种枯索的生存条件。大力鼓吹转瞬即逝的东西，那就成为幻想的摇篮了。作品就该做出解释，赋予希望一种形式。创造者再也离不开作品了。作品并不是它本该成为的悲情游戏，作品也要给作者的生命一种意义。

不管怎么说，令人称奇的是，像卡夫卡、克尔恺郭尔和舍斯托夫的作品，都产生于相近的创作灵感。简言之，存在派小说家和哲学家的作品，都全部转向荒诞及其后果，最终都同样发出这种希望的惊天动地的呼喊。

他们拥抱吞噬他们的上帝。希望谦卑地乘虚而入。因为，这种

① 即“心灵的纯洁”。——作者原注

② 亨利·波尔多（1870—1963），法国倾向保守的作家。——译者注

生存的荒诞用超自然的现实，稍微多给他们一些安慰。如果这样的生活之路最终通向上帝，那么就有一条出路了。克尔恺郭尔、舍斯托夫以及卡夫卡的那些人物，都多么坚韧不拔，多么固执地重复走他们的路线，他们这种表现就是一种特殊的保证，确保这种信念激奋人心的力量。[1]

卡夫卡否认他的上帝道德高尚，明确无误，善良和始终如一，不过，这只是为了更好地投入上帝的怀抱。荒诞得到承认，也被接受；人只好安之若素，而且我们知道，从这一刻起，他就不再是荒诞的了。困在这种生存境况中，除了可能逃离出去，还会有什么更大的希望呢？我再次看到，存在派思想与流行的观点相反，充塞着一种不可估量的希望。从前正是这种思想，带着原始基督教和宣布救世的福音，掀动了旧世界。然而，在标志一切存在派思想的这种跳跃中，在这种一意孤行中，在这种无平面的神性的丈量中，怎么就看不到自暴自弃的一种清醒的踪迹呢？有人只是希望这是一种傲慢，放弃它就能获得拯救。这种放弃会结出丰硕成果。但是，拆东墙未必能补西墙。把清醒说成一切傲慢那样毫无结果，这样讲并不能在我的眼里贬损清醒的道德价值。因为真理也一样，单从定义上

---

① 《城堡》中唯一没有希望的人物，就是阿玛丽雅。土地测量员也正是同她的对立最为激烈。——作者原注

看就不会有结果。所有明显的事物无不如此。在一个万事俱备而又什么都未解释的世界里，一种价值或一种形而上的丰产性，就是一个毫无意义的概念。

不管怎样，我们在这里还是可以看出，卡夫卡的作品遵循那种思想传统。从《审判》到《城堡》，认为这种步骤十分严谨，也的确不够聪明。约瑟夫·K和土地测量员，仅仅是吸引卡夫卡的两极。[①]用卡夫卡的话说，他的作品可能不是荒诞的。但是，这并不能排除我们所看到的他的作品的伟大和普遍意义，而这种伟大和普遍意义，源自他善于如此广泛地表现从希望到无望的悲伤，从绝望的明智到情愿盲目地日复一日地摆渡。他的作品具有普遍意义（一部真正荒诞的作品并无普遍意义），这体现在作品表现了逃避人类的人惊心动魄的面孔，从他的矛盾中汲取信仰的理由，从他富有成果的绝望中汲取希望的理由，还把他那骇人的死亡训练称为生活。作品具有普遍意义，也因为受到了宗教的启示。就像在所有的宗教里那样，人在作品里从自己生活的重压下解脱出来。不过，如果说我知道这一点，并且能欣赏的话，我也知道我寻求的并不是普遍意

① 关于卡夫卡思想的这两方面，比较一下《在苦役犯牢中》“罪孽（请理解为人的）从来就不容置疑”，以及《城堡》的片段（莫缪尔的报告）“土地测量员K的罪名难以成立”。——作者原注

义的东西，而是真实的东西。这两者可以不必同步而重合。

假如我说，真正绝望的思想恰恰是根据相反的标准确定的，而悲剧性作品，既已放逐了一切未来的希望，就可能成为一个幸福之人的作品，那么以这种方式看待问题，就会更好地理解了。生命越是激昂，毁掉生命的念头也就越荒诞。在尼采的作品中，我们感受到的那种绝妙的枯索，秘密也许就在这里。看来在这种思想观念中，尼采是从荒诞性美学得出终极后果的唯一艺术家，因为他的最后启示，正是寓于一种无结果进取的清醒中，寓于一种对任何超自然安慰的固执否定中。

上述内容足以揭示卡夫卡作品的极大重要性。我们在他的作品中，被带到了人类思想的边缘。要充分理解“重要性”这个词的含义，可以说在他的作品中，一切都具有本质的意义。不管怎样，他的作品从整体上提出了荒诞问题。假如愿意的话，将这些结论和我们当初的观点相对照，将内容和形式相对照，将《城堡》隐秘的意义和情节展开的自然艺术相对照，将K的激情而狂傲的探求和探求途中日常的布景相对照，一经比较，就会明白卡夫卡的作品何以伟大。因为，如果说怀旧眷恋是人性的标志，那么也许任何人也没有像这样，赋予这些抱憾的幽灵以如此丰满的血肉之躯。不过，我们同时也能了解，荒诞作品要求怎样特异的伟大，而这种伟大，也许在这部作品中找不到。如果说艺术的特质就是一般与特殊相结合，一滴水的瞬间永恒与其光影相结合，那么更为确实的是，衡量荒诞作家的伟大要看他在这两个世界之间所能引入的距离。他的秘密便是善于在这两个世界的极不成比例中，找到两者准确的会合点。

说句老实话，人与非人性共存的几何学切点，纯洁的心灵随处都能看到。如果说《浮士德》和《堂吉诃德》是艺术的卓越创造，那也是因为纯洁之心灵通过自己在人世间的手，向我们表明不可估量的伟大。然而，到了一定时候，精神总要否定这些手可能触碰的真理。到了一定时候，创造就不再被视为写悲剧，而仅仅被认真看待了。于是，人关注起希望来。不过，这又不是世人管的事。世人的事就是如何规避遮人耳目的骗术。可是，卡夫卡向全宇宙发起的猛烈诉讼，我看到末了正是遮人耳目的骗术。这场令人难以置信的宣判，最终不顾连鼹鼠都参与进来的冀望，开释了这个丑恶而癫狂的世界。[①]

---

① 上述看法，显然是对卡夫卡作品的一种诠释。但是不可不补充一句：除了各种各样的解释，也不妨从纯粹美学的角度来审视。例如，B. 格勒图森为《审判》所作的出色的序言，就比我们明智得多，仅限于亦步亦趋，以惊人的方式追随他称为的一个醒着的睡梦者痛苦的想象。道出一切，而又什么也不证实，这就是这部作品的命运，抑或它的伟大吧。——作者原注

译后记

荒诞人在有限而又充满可能性的生命中，
他本身除了清醒，一切都是不可预测的，
这是荒诞人的一大特点。

荒诞人的神话

最难理解的莫过于象征性作品。一种象征往往带有普遍性，总要超越应用者，也就是说，他实际讲出来的内容，大大超过他要表达的意思。艺术家只能再现其动态，不管诠释得多么确切，也不可能逐字对应。尤其是，“真正的艺术作品总合乎人性的尺度，本质上是‘少说’的作品”。

加缪在《西西弗神话》中所表达的这种观点，道出了阅读象征性作品所碰到的最大难题。作者遵循这一美学原则：多讲无益，少说为佳，在作品中留下大量空白，任由读者去猜测。我们读这类作品，思想上也总是纠结矛盾：一方面享受着作者有意无意留出的想象空间，另一方面苦于捉摸不定而又希望作者多透露些信息。不过，更多的信息，只能以这类成品说明书的形式透露了。因此，加缪在多处做了类似说明。本文通篇都要谈这个问题，不妨先讲一点加缪的语言风格。

加缪具有深厚的古典写作功底，语句简洁凝练，十分精辟。这里略举一段，实际体会一下：

我意识到我离不开自己的时间，就决定同时间合为一体。我之所以这么重视个体，只因为在我看来，个体微不足道而又备受屈辱。我知道没有胜利的事业，那么就把兴趣放到失败的事业：这些事业需要一颗完整的心灵，对自己的失败和暂时的胜利都不以为然。对心系这个世界命运的人来说，文明的撞击具有令人惶恐的效果。我把这化为自己的惶恐不安，同时也要碰碰运气。在历史和永恒之间，我选择了历史，只因我喜爱确定的东西。至少，我信得过历史，怎么能否定把我压倒的这种力量呢？

这类语句，我翻译时下笔就十分滞重，即便引用来重抄一遍，仍旧觉得沉甸甸的，其分量自然源于思想的内涵。语言如此，更有作品中的悲剧性人物，如默尔索、卡利古拉，乃至西西弗、唐璜等，言行那么怪诞，身陷莫名其妙的重重矛盾中，如何给予入情入理的解释，恐怕除了少数专家，包括我在内的绝大多数人都会望而生畏。

不过，随着翻译加缪的作品越来越多，我恍然有所觉悟，小说《局外人》、剧作《卡利古拉》，以及哲学随笔《西西弗神话》，如果不挑字眼儿，就不妨称为“荒诞三部曲”。长篇小说《鼠疫》、剧作《正义者》和理论力作《反抗者》，则组成第二个系列，也可以顺势称作“反抗三部曲”。至于从叙述文《堕落》开始，加缪似乎进入深度反思，总结他半生斗争的生涯。他似乎正经历一次新的蜕变，但是文中的象征还不甚明晰。直到加缪未完成的长篇、类似传记的《第一人》手稿的发现和整理出版，我们才得以窥见加缪生前最后阶段的思想进程。

加缪曾断言：“伟大的小说家是哲理小说家。”他还列举出几位，有巴尔扎克、萨德、麦尔维尔、斯丹达尔、陀思妥耶夫斯基、普鲁斯特、马尔罗、卡夫卡。他们和加缪有一个共同点，都不自诩为哲学家，却用充满哲理的小说创造出自己的世界而成为伟大的小说家。他们善于将抽象的思想化为血肉之躯，而这种“肉体和激情的小说游戏的安排，就更加符合一种观看世界的要求”。他们的作品，“仅仅是从经验上剪裁下来的一块，仅仅是钻石的一个切面，闪耀着凝聚在内无所限制的光芒”。这种作品，“既是一种终结，又是一场开端”，往往是一种“不做解释的哲学的成果，是这种哲学的例证和图式”。

加缪讲得再清楚不过了：这种小说是观看和认识现实的工具，

是哲学的成果，但是也“要有这种哲学言外之意的补充，作品才算完整”。哲理小说与哲学论著的这种相互依托的关系，我们虽然知道，但由作者出面这样强调，我们就无须多虑了。不过，也不是一路畅通无阻，作者又特意提醒一句：“小说创作也像某些哲学作品那样，可能呈现相同的模糊性。”

加缪在《西西弗神话》中写道：

在象征方面，要想掌握，最可靠的办法就是不去撩拨，也不带着定见进入作品，更不去探究那些暗流。尤其是对卡夫卡，必须老老实实顺随他的笔势，从表层切入情节，从形式研读小说。

加缪在谈他如何研读卡夫卡的荒诞作品。既然指出了门道，就不要只看热闹了。照加缪所说，最可靠的办法有三不要：一不要随意撩拨。这意思可就宽泛了，借用时下的字眼儿，就是不要太任性，不要施展望文生义、见微知著、举一反三的本领。二不要带着定见进入作品。抱着定见必然心浮气躁，匆忙质疑，自顾高谈阔论，结果南辕北辙，与作品毫不相干。三不要探究暗流。只因暗流涌动，根本无从探测，反而舍本逐末，难说不会被暗流吞没。要做的就是老老实实，步步紧跟作者的思路，哪怕不大理解。这样还嫌不够，加缪又进一步说明：

卡夫卡的秘密，就寓于这种根本性的模棱两可之中。在自然和异常、个体和万物、悲剧和日常生活、荒诞和逻辑之间，这种恒久的摇摆，贯穿了卡夫卡的全部作品，使得作品既引起共鸣，又富有意义。要想理解荒诞作品，就应该历数这些反常现象，就应该强调这些矛盾。

是否可以说，加缪的秘密，也寓于贯穿他的作品的模糊性之中呢？虽然不能生搬硬套，但是荒诞作品之间，即使作者写作风格迥异，也必然带有根本性的相通之处。譬如在自然与反常之间等方面，都同样描述了大量的“反常现象”，都同样表现了重重“矛盾”。这就是为什么加缪特别强调，要想理解荒诞作品，就必须认真看待这些反常现象、这些矛盾，这也正是上段引文的结尾，加缪所说的“从表层切入情节，从形式研读小说”的意思。

加缪在《西西弗神话》中谈到荒诞人时，有这样一段话：

一个富有荒诞精神的人只是判断……他顶多能同意利用过去的经验确定自己未来的行为。时间将激活时间，生活将支持生活。在这个既局限又充满了可能性的地盘上，他觉得除了清醒，他本身一切都是不可预测的。

荒诞人在有限而又充满可能性的生命中，他本身除了清醒，一切都是不可预测的，这是荒诞人的一大特点。

加缪还给荒诞人下了一种定义：

歌德说："我的地盘，就是我的时间。"这真是荒诞的警语。荒诞人究竟是什么呢？就是毫不否认，不为永恒做任何事的人。并不是说怀旧对他来说是陌生之物，但是他偏爱自己的勇气和自己的推理。勇气教他义无反顾地生活，满足于现有的东西；推理则让他明白自己的局限。他确认了自己有期限的自由、没有前途的反抗以及会消亡的意识，以便在他活着期间继续他的冒险。这就是他的地盘，这就是他的行动，排除一切判断，只保留自主判断的行动。对他而言，一种更加伟大的生活，并不意味着另一种生活，否则就不诚实了。我在这里甚至不提称之为后世的那种可笑的永恒。

加缪在《西西弗神话》中，一再界定什么是荒诞人，我认为这一段文字所描述的特点，基本上符合加缪小说和戏剧里的主人公性格。无论是《局外人》中的默尔索，剧作《卡利古拉》中的卡利古拉，还是《鼠疫》中的里厄大夫、塔鲁，《正义者》中的卡利亚耶夫及其战友们，虽然他们在反抗这个主题上，比较起来还有差异，但是，他们都大步走在荒诞的路上，发现的第一个真理，就是“人必有一死，他们的生活并不幸福”。

荒诞人掌握这一真理，就有了清醒的意识，看破了世界的荒诞与虚假，他们不再相信宇宙间存在更高级的生命，不再相信能给予人另一种幸福生活的上帝，总之不相信永恒了。而世人生活在永恒的希望中，无非是把虚假的骗局当作希望的永恒。这是人生状况二律背反推理的结果。加缪分析克尔恺郭尔的哲学，在针对他要赋予他的上帝以荒诞的特性时指出：“荒诞，则是觉悟人的原本状态，并不通向上帝……用极荒唐的说法：荒诞，就是没有上帝状态下的罪孽。”在这儿真的没有一点儿上帝的容身之地了。

鄙弃永恒，就是彻底承认人生的局限。所谓荒诞人，就是只能与时间同行，须臾也离不开时间的人。荒诞人掌握了一门不容幻想的科学，否定那些追求永恒的人所宣扬的一切。这就意味着没有希望，没有未来，只有在世的时间，只有当下和当下一系列的瞬间。这就是歌德所说的“地盘”。荒诞人都实践着尼采的这句话：“重要的不是永恒的生命，而是永恒的活力。”

既然没有未来，没有永恒，只有短暂的一生，人生正因为没有意义而更值得一过。人没有了希望，倒意味着增加了不受约束性，这就是加缪所说的，并且体现在他笔下的众多人物身上的“深度自由的缘由”。这些人就再也无所顾忌了，周身都焕发出超常的活力，有声有色地运用起一种超越通行规律的自由。

加缪强调的“深度自由”，表现在荒诞人身上，并不是毫无禁忌。冲破准则，但须恪守自律的道德。卡利古拉没有自律，大肆杀戮，最终认清走错了路，他的自由不是好的。起而反抗荒诞世界，也谈不上肩负使命，只是顽强地反抗自己的生存现状，彰显人的唯一尊严。加缪笔下的人物，都或多或少有荒诞人的特点。但是，荒诞之路有各种各样偏离的途径。《正义者》中与卡利亚耶夫相对立的人物斯切潘，就宣称他“不热爱生活，而热爱高于生活的正义”，他把杀人当成了一种使命。同样，卡利古拉以改造世界为己任，遵循死亡的逻辑，随心所欲，实施可怕的自由。这些形象都不是道德的教训，只能显示人物的不同姿态。

加缪指出：“一部荒诞作品，并不提供答案。”这表明他的作品不提供答案，那么提供什么呢？提供“真实的东西”。他这样写道：“我寻求的并不是普遍意义的东西，而是真实的东西。这两者可以不必同步而重合。”但是有的真实东西，即使同普遍意义的东西相重合，也没有普遍意义，例如荒诞作品。这正是加缪的论断：“一部真正荒诞的作品并无普遍意义。”

既然没有普遍意义，那么如何看待加缪的作品呢？我们还是引用加缪《西西弗神话》中的话来说明吧。

我们论证的目的，其实就是要阐明精神的行程，如何从世界无意义的哲学出发，最终为世界找到一种意义和一种深度。

我们重复一遍，思想，不是一统天下，不是让真相以大原则的面目变得家喻户晓。思想，就是重新学会观察，就是引导自己的意识，将每个形象都变成一块福地。

从第一段，我们大致触摸到加缪写作的宗旨：从荒诞哲学出发，最终为世界找到一种意义和一种深度。第二段从分析胡塞尔的现象学入手，重新阐释了思想，虽然对“将每个形象都变成一块福地”不尽苟同，但是加缪摄取了恋世思想。

按照我们中国人通常的逻辑，人意识到了世界是荒诞的，应该厌世才对，怎么还会恋世呢？但是不容否认，加缪描绘的人物，从古罗马皇帝到当代制桶工人，从俄罗斯十二月党人到阿尔及利亚的法国移民，他们虽然都感到生活在流放中，渴望找到自己的王国，但是又无可选择地热爱生活，浑身充满蓄势待发的激情，让阅读时的我们往往能深感其热力。这些荒诞人的思想是怎么转过来这个弯儿的呢？他们是这么思考的——

我有独立的意识，对生存的环境又表现强烈认知的渴望，却发现这世界一片混沌，既陌生又非人性。这样，我便置身于世间万物的对立面。这种境况未免荒诞可笑，但这是明摆着的事实，不能无视而一笔勾销。世界和“我”的思想之间的这种断裂，究其根本原因，还是“我”这意识的反应。“我”想要把握住这种荒诞的现实，坚持这种对峙状态，就得时时刻刻紧绷着意识，保持清醒的头脑，走在这条干旱荒芜的路上。然而，荒诞特别难以降伏，它明目张胆地回到一个人的生活中，重又找到自己的家园。与此同时，精神往往会溜号，从清醒的不毛之路拐进日常生活，又重游无名氏的世界。不过，人这次回来，却胸怀反抗之心，富有洞察之力了。曾经沧海，就不再抱有希望了。“这座现实的地狱，终于成为人的王国。所有问题，重又锋芒毕露。抽象的明显事实，面对形式和色彩的抒情退却了。精神的冲突，都具象表现出来，重又在人心找到既可悲又堂皇的庇护所。什么冲突都没有解决，可是又全部改观了。……躯体、温情、创造、行动、人的高尚情怀，在这无厘头的世界中，又将各就各位了。人在这世上，又终将尝到荒诞的美酒和冷漠的面包：人正是以此滋养自身的伟大。”

恋世排除了厌世和弃世（自杀），恋世就是正视荒诞，体验荒诞，一步一步走在当下，在反抗的激情烈焰中行进，又回到了终点。尼采写道：“显而易见，天和地的大趋势，就是长期地顺应同一方向：久而久之，便产生了某种东西，值得为之在这片大地上生活，诸如美德、艺术、音乐、舞蹈、理性、精神，就是某种移风易俗的东西，某种高雅的、疯狂的或者神圣的东西。”加缪引用了尼采《超乎善恶》中的一段话之后，又接着写道：“这段话说明一种气势恢宏的道德准则，但是也指出了荒诞人的道路。顺应火热的激情，这最容易同时又最难。不过，人同困难较量，有时也好评价自己。”

加缪笔下的人物，都将这种论述化为每日的行动，尤其《鼠疫》中以里厄大夫和塔鲁为代表的那个群体，在艰苦卓绝的斗争中，形成一股影响并带动社会的巨大正能量。这种荒诞精神，值得我们敬佩和赞扬。

《西西弗神话》是加缪关于荒诞哲学的最重要的一部论著，在我看来，也是他的哲理小说和戏剧的说明书，有什么疑虑，都可以从这里面找根据。虽为神话，但讲的尽是人事。可见世界只有一个，无论神还是人，都离不开这片大地。因此加缪断言：幸福和荒诞是同一片大地的孪生子。至少是狭路相逢，想避也避不开。

加缪将西西弗描绘成荒诞的英雄，这个希腊神话中的永世苦役犯也许第一次在文学作品中，有了如此高大的形象。西西弗也像普罗米修斯那样，怀着善心为人类谋幸福，也因为热爱这片大地，必须付出代价。加缪还在文中举出索福克勒斯的俄狄浦斯形象相映衬：俄狄浦斯一旦知晓自己的命运，便陷入绝望，弄瞎双眼，讲出一句声震寰宇的话："尽管罹难重重，我这高龄和我这高尚的心灵，却能让我断定一切皆善。"这些以及前面我们着重提到的，都是文眼，值得我们认真发现，尤其作者将这些品质赋予了他笔下的人物。

创作，就等于再活一次，早年的普鲁斯特、刚刚获诺贝尔奖的莫迪亚诺，无不如此。加缪还特意指出："艺术作品既标志一种经验的死亡，也表明这种经验的繁衍。"多少人都想试试身手，力图模仿、重复，重新创造现实，仿佛一颗颗星星跃上夜空，形成人造的大千世界，不管戴着荒诞的面具怎样过度地模仿，生活在这片大地的人，最终总能拥有我们人生的真相。

"一种深邃的思想，总是不断地生成，结合人生经验，在人生中逐渐加工制作出来。同样，一个人独有的创造，就要在一部部作品相继呈现的众多面孔中，越来越牢固而鲜明。一些作品可以补充另一些作品，可以修改或校正，也可以反驳另一些作品。”

至此我们可以回答，就是这个默尔索，也是卡利古拉、玛尔塔、里厄大夫、塔鲁、卡利亚耶夫、多拉……总之，他们都是形象“越来越牢固而鲜明”的荒诞人。

下面这段话我们不愿意看到，但是毕竟发生了：

> 如果有什么东西终结了创造，那可不是盲目的艺术家发出的虚幻的胜利呼声：“我全说到了。”而是创造者之死，合上了他的经验和他的天才书卷。

1960年1月4日，加缪乘坐米歇尔·伽利玛的车回巴黎，途中不幸发生车祸，加缪的生命戛然而止，“合上了他的经验和他的天才书卷”。

李玉民

于广西北海

加缪生平及创作年表

1913年

11月7日，阿尔贝·加缪生于阿尔及利亚的小镇蒙多维。

他是个混血儿，父母的身份极为复杂，两边的家庭都漂泊不定，最后到阿尔及利亚重新开始生活。

父亲吕西安·奥古斯特·加缪1885年11月8日生于阿尔及利亚。祖籍法国波尔多，早年迁往阿尔萨斯，全家于1871年到阿尔及利亚落地生根。吕西安·奥古斯特·加缪刚生下一年，便遭丧父之痛，他被送进孤儿院。长大一点后，他从孤儿院逃离，到葡萄园当学徒。

母亲卡特琳·辛泰斯（加缪的女儿取名为卡特琳，而《局外人》的主人公默尔索的一个朋友则叫辛泰斯）祖籍西班牙，生活在米诺尔克岛。全家迁至阿尔及利亚之后，她父亲才出世，这是个农业工人的家庭。

吕西安·奥古斯特·加缪于1909年同比他大三岁的卡特琳·辛泰斯结婚。1910年，他们生下第一个儿子，取名吕西安；1913年生下第二个儿子，便是阿尔贝·加缪。

1914年

战争阴云密布。6月，弗兰茨·斐迪南大公在萨拉热窝遇刺身亡。7月28日，奥匈帝国向塞尔维亚宣战。德国先向俄国宣战，于8月3日又向法国宣战。

战火将要毁掉多少像加缪这样贫苦的家庭。“我和同年龄的所有人，是在第一次世界大战的枪炮声中一起长大的。我们的历史从那以后，屠杀、非正义和暴力，就始终没有间断过。”（《夏》）

吕西安·奥古斯特·加缪应征入伍，编在称为“朱阿夫军团”的海外军团。他随军到巴黎附近，8月24日参加了为阻止德军进攻的马恩河战役，不幸头部中炮弹片受伤，被送到后方医院，于10月11日死在圣布里厄医院，并埋葬在当地。

加缪的母亲得知噩耗，精神遭到沉重打击，几乎失聪，并出现话语障碍。寡母带着两个幼儿，生活陷入更加穷苦的境地，搬到阿尔及尔的贝尔库贫民区。她从未去祭过丈夫，说圣比尤克城的圣米歇尔阵亡军人墓地太遥远。直到加缪获得诺贝尔文学奖，一个纪念名人的组织才在他父亲的墓前立了一块墓碑。她先是在弹药厂做工，后来又给人家做家务，勉强维持生计。一起生活的还有外祖母和残疾的当桶匠的舅舅。

1915年至1918年

加缪就是在这种穷苦的环境中，在几个亲人的共同抚养下长大的。不仅生活困苦，而且也没有精神食粮，亲人都不识字，家里也没有一本书，可以说加缪的童年是在文化和历史的真空中度过的。

然而，他有一个温柔的好母亲，虽然母亲没有时间，也不知道怎样爱抚孩子，但他的沉默寡言、天生的自豪感和朴实的性情，多半受他母亲的影响。

这个小男孩还有阳光和大海，这是他一生都享用不尽的财富。“首先，对我来说，贫穷从来就不是一种不幸……我置身于贫穷和阳光之间。由于贫穷，我才不会相信，阳光下和历史中一切都是美好的；而阳光又让我明白，历史不等于一切。”（《反与正》作者序）

连着海边的贝尔库贫民区，却向他提供阳光、沙滩和大海。加缪和他的小伙伴在那里学会游泳，在阳光下嬉戏，观察繁忙的穷人世界。

贝尔库是加缪上的第一所学校，在那里他上了人生第一课。在贝尔库，不同种族的人混杂在一起，各种活动和各种现象相交织，加缪在这所学校里长大，没有种族的意识，养成独立的人格，能平易而坦诚地同各个阶层的人交往，毫无歧视和嫉妒。

1919年

加缪进入贝尔库区小学校，他从封闭的家庭走进开放的世界。这所公立学校设备齐全，又有完善的校规，于是他如愿走进书的世界。他大量阅读从区图书馆和学校图书馆借的书，老师和其他人也愿意借书给他看，他的学识有了惊人的发展。加缪在班里年龄小，体质又弱，但是他有一种能影响别人的魅力，这种影响力来自他的聪明和智慧。他喜欢有听众，同学们也爱听他讲故事。为此，他甚至独自去海滩练口才，效仿古代的狄摩西尼的做法，口含小石子高声朗诵诗歌。

随着加缪戏剧才能的发展，后来他组建了剧团，创作剧本，甚至还努力振兴悲剧。

1920年

第一次世界大战结束两年之后，加缪才被确认为战争孤儿，应由国家抚养，他终于能领一笔小小的救助金，用来买学习和生活必需品。

后来，加缪曾向女友玛格丽特·多布朗透露，七岁时他就想成为作家。

1921年至1924年

加缪在学校以学习成绩优异著称，他在班里法语成绩始终是第一，显示出语言才能。

1923年10月，加缪升到五年级，也快满十周岁了。这个毕业班的法语教师路易·热尔曼是个特级教师，他在学校很有影响力，颇有声誉。他已经注意到加缪这个品学兼优的学生，特意进行家访。

当年实行五年义务教育，一般孩子小学一毕业，就去找活儿干。加缪的哥哥吕西安十岁就去干活挣钱了，加缪也不能例外。热尔曼先生劝说加缪的家人，让孩子继续念书，上中学可以争取奖学金。外祖母虽然反对，但一直沉默寡言的母亲却讲话了，要让二儿子考中学。

热尔曼给加缪指定一年中应读的书目，他在课堂上朗读讲述第一次世界大战战壕生活的小说《木十字架》，给加缪以极大的震动。后来，加缪在《第一个人》的手稿中，就描述了他的感受和激动。热尔曼对所有战争中失去父亲的孩子有一种特殊的感情，这对加缪的成长影响至深。加缪念念不忘这位小学老师对他的教导，乃至他获得诺贝尔文学奖时，把授奖仪式的答谢辞献给他的启蒙老师，恭恭敬敬地写上："路易·热尔曼先生。"

1924年6月，加缪和他的同窗好友安德烈·维尔纳夫考取了格朗中学。10月份开学，加缪享有奖学金，成为半寄宿生。他选择了A类课程，即主修法语和拉丁文。

1925年至1930年

加缪在中学也是品学兼优的学生。从上中学起的假期，他不再和同学一起去海滩嬉戏，而是谎报年龄，开始打工。

课间休息，他最爱踢足球，他一般当守门员，有时也当队长，踢中锋位置。他踢球很勇猛，时常受伤。"不久我就明白了，球绝不会从你预料的方向传来。这一点对我的生活很有帮助，尤其是在法国，不是人人都那么正直。"

1928年，加缪进入阿尔及尔大学拉散俱乐部少年足球队。他写道："归根结底，正因为如此，我才特别热爱我的足球队，为了胜利的喜悦，尤其这种喜悦同拼搏之后的疲惫感觉相结合，那真是美妙极了，但同时也是为了输球之后的晚上想哭的那种傻念头。"（拉散俱乐部《周报》）

像所有善于思考的人那样，他从激烈的球场所领悟的，绝不仅仅是男子汉气概和拼搏精神："多年来我看到世人许许多多表演之后，最终对人类道德和义务最肯定的东西的认识，还应当归功于体育，这是我在拉散俱乐部少年足球队里学到的。"（《勒鲁亚体育简报》，1953年4月15日）

此外，这种集体运动也培养了他的集体意识、与人合作的精神。他把这种作风也带到了他的社会活动和戏剧活动中。

加缪念中学时，思想极为活跃，他常和要好的同学聚在咖啡馆里，无休止地争论时局、政治问题和国际形势。当然，大多时候还是讨论文学问题，而马尔罗和纪德则是这些青年学生讨论的热门话题。

马尔罗于1926年发表《西方的诱惑》，1928年出版《征服者》，他在作品中所倡导的革命思想和革命冒险精神，对加缪极具吸引力。

同样，纪德早年出版了《人间食粮》，1926年发表了《伪币制造者》《如果种子不死》，1927年发表《刚果游记》，1928年发表《乍得归来》。纪德的作品影响了一代青年，加缪也不例外。不过，他十一岁时错过了阅读纪德作品的机会，到了十六岁，即1929年看了纪德的《人间食粮》后，他开始从艺术上感受大自然的馈赠。

1929年至1930年，加缪上高中二年级，准备中学会考的第一阶段课程。从1930年10月开始准备第二阶段考试。在这一学年，加缪遇到了他的第二个恩师让·格勒尼埃。

让·格勒尼埃一生从事教育，喜爱文学，时常写些随笔，他教授的哲学课生动有趣，对学生富有启发作用，使加缪对哲学产生浓厚兴趣。他是个伯乐式的教授，第一次走进加缪的教室，就发现了这个特别有前途的学生。

1930年至1931年

加缪经历了一场生与死的考验。

他于1930年12月出现肺结核症状，直到咳嗽加重，甚至晕过去一回才由外祖母带着去看病，并住进医院。当时没有特效药，肺结核病死亡率很高，至少要拖累一生。加缪一生都受这种病菌的不断侵袭和折磨，他以坚强意志和巨大勇气与病魔相搏。经历过死亡的威胁，加缪更加热爱和珍惜生命，在以后的生活和创作中，表现出更大的激情。

加缪因病辍学，幸而能住到生活富裕的姨父家中养病。姨父阿科尔虽开肉店，但是个爱读书、喜欢交际的人，他那种无拘无束的性情、无政府主义的思想，对加缪产生了相当大的影响。

1932年

加缪病愈复学，在高中多念一年，就有了同让·格勒尼埃多接触的时间。在加缪刚生病时，这位老师还去他家中看望，在加缪升入大学后，还给他上过课。加缪则时常去老师家讨论问题，二人从师生情发展成忘年交。直到加缪不幸遇车祸去世，让·格勒尼埃又为经典本的《加缪全集》作序。

加缪先后将他的《心灵之死》《反与正》《反抗者》献给让·格勒尼埃，还为让·格勒尼埃的《岛》的再版作序。《岛》给他以心灵的震撼，比得上他阅读《人间食粮》时的感受："我们需要更敏锐的大师，需要类似在彼岸出生的一个人。他应当热爱阳光，热爱健美的躯体，并用难以模仿的一种语言告诉我们这一切外表美丽，但终究要消亡，因此要倍加珍惜。"（《岛》序言）

让·格勒尼埃的作品，向加缪提供了一个思考的领域，一个思考的范畴。加缪写道：

……我遇见让·格勒尼埃。他也一样，递给我的东西里有一本书，是安德烈·德·里什欧的一部小说，名为《痛苦》。我不了解安德烈·德·里什欧。不过，我始终没有忘记，他那部好书，是头一部向我谈论我所了解的事物的书：一位母亲、穷困、晴朗的天空……我照惯例一夜看完，醒来之后，就拥有了一种异样的、全新的自由，到了一片陌生的土地上，犹豫着向前走。这次我了解到，书籍不仅仅散播遗忘和消遣。我执意的沉默，这种朦胧而巨大的痛苦、这怪诞的世界、我家人的高尚情操和穷困，最后还有我的秘密，原来这一切都可以讲述……《痛苦》让我隐约看到创作的世界，而纪德又将促使我闯进去。(《相遇安德烈·纪德》)

加缪通过中学会考。在让·格勒尼埃的鼓励下，开始尝试写作，在学生自办的小型文艺杂志《南方》上，发表一些随笔。

1933年

1月30日，希特勒上台。亨利·巴比塞和罗曼·罗兰发起反法西斯运动，加缪很快就积极投入这场运动。

加缪进入阿尔及尔大学，攻读哲学和古典文学。他开始写读书笔记，其中提到司汤达、陀思妥耶夫斯基、尼采、格勒尼埃，尤其提到纪德。他写道：“我这感情太好冲动，应当学会克制。我相信能控制住自己，能用嘲讽、冷漠来打掩护。我应当改变调子。”这是他初次反省。

1934年

6月16日，加缪结婚，娶的是一个最惹男人注意的风骚姑娘西蒙娜·耶。西蒙娜打扮得很妖艳，她是大学生的偶像，是上升的中产阶级成功的标志。她头戴宽檐帽，脚穿高跟皮鞋，嘴上时常叼着烟卷，甚至披着狐皮长披肩随加缪去听课。加缪的衣着也很讲究，两人很般配。但是姨父反对这桩婚事，加缪只好离开姨父家，开始半工半读。然而，西蒙娜早就染上毒瘾，加缪像圣徒似的要拯救她，但始终徒劳无益。这场婚姻持续了一年多。

6月，加缪通过心理学考试，11月又获得古典文学证书。

1935年

法国左派力量成立人民阵线，反对达拉第的右翼政权。文化青年的英雄安德烈·纪德、安德烈·马尔罗等全力投入这场政治运动，带动了加缪这样的热血青年。加缪加入共产党，负责贝尔库工人区的支部工作。他在给让·格勒尼埃的信中写道："我认为把人们引向共产主义的，主要不是思想，而是生活……我有一种强烈的愿望，就是要看到戕害人类的苦难减少。"

加缪善于调解安排。学业、写作、在群众中开展宣传工作三不误。他在学校仍是个好学生，拿下了学士学位最后一门哲学和逻辑学考试。他开始写《反与正》，继续写《手记》和随笔文章。

“对我来说，我知道我的源泉就在《反与正》里，就在这穷困和阳光的世界中。我在这世界生活了很少时间，时时回忆它，我就能避免威胁任何艺术家的两种相反的危险，即怨恨和满足……然而，关于生活本身，我在《反与正》中谈得很笨拙，就知道说出来的那点东西。”

加缪发展党的外围组织，帮助劳工学校开班，和朋友创立劳工剧团。他要改编马尔罗的小说《轻蔑的时代》，并收到马尔罗的复电：“你演吧。”加缪特别高兴，因为马尔罗以“你”称呼他。他改编的剧本，在极其艰苦的情况下排练和演出，取得极大成功。1936年1月25日首场演出，观众就多达两三千人。一份显然是加缪起草的传单这样写道：

经过大家无私的努力，劳工剧团在阿尔及尔组建起来了。剧团意识到大众文学的艺术价值，希望表明艺术应当从象牙塔里解放出来，同时也相信美感是与人性紧密相连的……我们的目标在于恢复人的价值，而不是提出新的思考。

3月7日，德国重新占领莱纳尼亚。

5月，法兰西人民阵线在大选中夺得胜利。

6月，加缪去中欧旅行，返回阿尔及尔之后便同西蒙娜离婚。

7月17日，西班牙内战爆发。

加缪和三位同志以西班牙人民的斗争为题，共同编写剧本《阿斯图里亚斯起义》。此剧排练好之后却遭当局禁演。于是加缪给市长写了一封公开信，剧本又由书商夏尔洛出版。劳工剧团又先后排练演出了高尔基的《底层》、马基雅弗利的《曼陀罗花》、巴尔扎克的《伏脱冷》。

加缪有一种“天生的权威”。蓬塞说：“加缪具有难以描摹的天赋，他经常到现场，找适当的时间，用恰当的语言激发人的热情，创造一种相互信赖的和谐气氛……”

从编剧到演出的全过程，加缪无不亲自参与，取得宝贵的经验，为他后来振兴戏剧的活动打下了基础。

1937年

为了维持生活，加缪进入阿尔及尔广播剧团当演员，每月有十五天到城镇和乡村巡回演出。

加缪还担任帕斯卡尔·皮亚主持的《阿尔及尔共和报》的记

者（《西西弗神话》就是献给皮亚的）。他在报社先后担任各种职务，从编辑社会新闻栏、节日集会专栏、文学专栏，一直到撰写社论。他尤其重视查明发生在阿尔及利亚的重大政治案件。

加缪是1936年创建的“文化之家”的领导者之一，他积极组织发展地中海文化的各种活动，邀请学者和作者开讲座，作报告，甚至亲自开讲座，谈地中海新文化。在这些活动中，加缪显示了工作的热情和组织才干，同时也表明他对阿尔及利亚地中海的情结。

因健康缘故，加缪未获准报名参加哲学和教师资格考试。他不得不到昂布兰休养，继而取道马塞、热那亚和比萨，到佛罗伦萨游览参观。

劳工剧团解散，加缪与友人又组建队友剧团。

加缪谢绝西迪·贝尔·阿贝斯中学的聘书，担心在因循守旧的环境会沉沦。他打算离开阿尔及尔，到法国本土寻求更大的发展空间。

5月10日，《反与正》由书商夏尔洛出版，收入《地中海作品丛书》。这本散文集是加缪的处女作，共五篇，浓缩了加缪在生长环境中的人生体验，在追求真理的路上的哲理思索。文章充满诗情和悲剧气氛，预示了他后来文学创作题材和形式的取向。

8月，他开始构思另一本抒情散文集《婚礼集》，9月，写出生前没有发表的小说《幸福的死亡》，这是加缪创作小说的尝试，在情节上有点像《局外人》的雏形。

加缪到了他一生的转折点：他的内心生活的比重开始超过社会生活。他不会抛弃，但要以更严肃的态度参与社会生活，要为自己的文学创作保留必要的精力和时间。

1938年

队友剧团组建以来，要给民众带来一个高质量的戏剧季节：“戏剧是一门让世人去解释寓意的有血有肉的艺术，是一门既粗犷又细腻的艺术，是动作、声音和灯光的美妙谐和。然而，戏剧也是最传统的艺术，重在演员和观众的配合，重在对同一幻觉的一种彼此心照不宣的默认。”

加缪选择首演的剧目，是费尔南多·罗维的《修女》——西班牙文艺复兴初期的一部名著。

2月，又演出安德烈·纪德的《浪子回头》和夏尔·维尔德拉克的《顽强号客轮》。

马尔罗的小说《希望》出版。

萨特的《恶心》出版。加缪很欣赏这本书，但是反对萨特的审美观，指出他过分强调人的丑陋，把人生的悲剧性建立在这个基础上：“没有美、爱或者危险，生活就会很容易。”

加缪酝酿荒诞系列作品，首先写了荒诞剧《卡利古拉》，还考虑写一部论述荒诞的作品，有些笔记后来写《局外人》时就用上了。

他看了克尔恺郭尔的《论绝望》，以及尼采的《人性的，过于人性的》《偶像的黄昏》。

1939年

3月，加缪阅读伊壁鸠鲁和斯多葛派的作品。

同安德烈·马尔罗见面。

萨特的短篇小说集《墙》发表。加缪撰文评论道：“观察到生活的荒谬，不可能是一种终结，而仅仅是一种开端。”（《阿尔及尔共和报》，1939年3月12日）

5月，加缪的抒情散文集《婚礼集》出版。

6月，加缪到阿尔及利亚北部山区卡比利调查：“在世界上最美的地方，这种穷困的景象比什么都令人痛心。”这一经历，对加缪的“荒诞”概念的最后成形，起了决定性的作用。

战争乌云密布，加缪不得不放弃去希腊旅行的计划：“战争爆发那年，我本来打算登船，也像尤利西斯那样航海旅行。在那个时

期，即使一个穷苦的年轻人，也能做出奢华的计划，横渡大海去迎接阳光。”（《夏》）

9月3日，第二次世界大战爆发。

“首要的一条，就是不绝望。不要听信叫嚷到了末日的那帮人。”（《扁桃树》）

“发誓在最不高尚的任务中，只完成最高尚的举动。”（《手记》）

“野兽统治的时代开始了，我们已经感觉到了人类身上增长的仇恨和暴力。在他们身上，纯洁的东西荡然无存……我们所遇见的全是兽类……”（9月7日《日记》）

加缪准备应征入伍参战，但因健康缘故暂缓。

《阿尔及尔共和报》改成《共和晚报》，加缪任主编。

加缪到阿尔及利亚奥兰旅行。

1940年

加缪同一位奥兰姑娘弗朗西娜·富尔结婚。

1月10日，《共和晚报》遭当局查封。

加缪去巴黎，由帕斯卡尔·皮亚推荐，进巴黎晚报社，在编辑部当秘书，做些纯事务性的工作。“在巴黎晚报社感觉巴黎的整个

心脏，以及它那轻佻少女式的龌龊思想。”（《手记》）

5月,《局外人》完稿。

5月10日，德军入侵。加缪同《巴黎晚报》编辑部撤离巴黎，12月，他脱离编辑部。

9月，开始撰写《西西弗神话》的第一部分。

10月，加缪到里昂，暂时落脚。

1941年

1月，返回奥兰市，到一所接纳犹太子女的私立学校教一段时间书。奥兰是阿尔及利亚第二大城市，后来加缪的长篇小说《鼠疫》就以这座城市为背景。

2月,《西西弗神话》完稿。

受海尔曼·麦尔维尔《白鲸》的影响，加缪开始构思长篇小说《鼠疫》。他在《介绍海尔曼·麦尔维尔》的文章中写道：“这是人所能想象出来的最为惊心动魄的一个神话，写人对抗恶的搏斗，写这种不可抗拒的逻辑，终将培育起正义的人；他首先起来反对创世和造物主，再反对他的同胞和他自身。”

12月19日，法共中央委员加布里埃尔·帕里在抵抗斗争中被德军抓获并杀害。加缪在《时政评论一集》中写道：“……您问我出于什么理由站到了抵抗运动一边。这个问题，在包括我在内的一些人看来，是没有意义的。当时我就认为，现在还一直认为，总不能站在集中营一边，那时我明白了，我憎恶暴力机构，却不那么憎恶暴力。为了把话说得明明白白，我非常清楚地记得那天，我心中反抗的浪潮达到了顶峰。那是在里昂，一天早晨我看报，读到加布里埃尔·帕里被处决的消息。”

加缪由帕斯卡尔·皮亚和勒内·莱诺介绍，加入“北方解放运动”的抵抗组织，接受搜集情报和出版地下报纸的任务。

1942年

1月，加缪肺病复发，不宜留在气候潮湿的北非，不得不去法国本土，到利尼翁河畔的尚邦休养。

由于战争阻隔，他回不了北非，同妻子天各一方，直到解放才重聚。

6月15日，《局外人》由伽利玛出版社出版。10月16日，《西西弗神话》在同一出版社出版。

《局外人》受到普遍的好评。萨特写道：“《局外人》是一部经典之作，一部理性之作，为荒诞及反荒诞而作。”亨利·海尔在《泉水》杂志上发表文章：“加缪及其《局外人》站到当代小说的最尖端，这条道路由马尔罗开创，由萨特终结，途经塞利纳，他赋予了法国小说以新的内容和风格。”

被人称为荒诞哲学家，加缪则不以为然：“我不是哲学家，对理性没有足够的信赖，更难相信任何一种理论体系。我的兴趣所在，是探讨怎样行动，更确切地说，人们既不相信上帝，又不相信理性的时候，应当如何生活。”“不，我不是存在主义者……萨特是存在主义者，而我发表的唯一理论著作《西西弗神话》，恰恰是反对那些存在主义哲学家的……”（《文学新闻》，1945年11月15日）

1943年

加缪完成剧本《误会》的初稿。

加缪在里昂地区和圣艾蒂安地区来回奔波，时达数月，他给勒内·莱诺《诗歌》作序时写道：“如果说地狱存在的话，依我看，它就应当像行人全穿黑服的这些无尽头的灰色街道。”

“法国工人——我渴望了解并‘生活’其中，只有在他们身边我才感到舒服。他们跟我一样。”（《手记》）

6月，萨特剧本《苍蝇》首映期间，加缪、萨特、西蒙娜·德·波伏娃常在巴黎圣日耳曼大街的咖啡馆见面。

加缪成为伽利玛出版社的审稿员。他住进安德烈·纪德的套房，第二次同路易·阿拉贡见面。

几个抵抗运动组织合并，加缪参与筹办地下报纸《战斗报》，同皮亚、弗朗西斯·蓬日、雷诺等抵抗运动战士联系密切。

1944年

加缪的剧本《卡利古拉》和《误会》在伽利玛出版社出版。

6月，《误会》由玛丽亚、卡萨雷斯和马塞尔·埃朗主演，在马图兰剧院演出。

先后共发表四封《致一位德国友人的信》："我仍然认为这个世界没有更高的意义，但是我也知道这世上的某种东西有意义，这就是人，因为，人是要世界有意义的唯一生灵。"

8月24日，巴黎解放，皮埃尔·沙菲尔通过广播电台，让巴黎的钟全部敲响庆祝。

《战斗报》第一期公开散发："在这8月的夜晚，巴黎无处不开火。"

从9月开始，加缪和弗朗索瓦·莫里亚克分别在《战斗报》和《费加罗报》上撰文，在是否应惩罚叛徒的问题上展开激烈的论战。加缪主张必须严惩叛徒，才能伸张正义。

10月，加缪与妻子在巴黎团聚。

1945年

加缪被授予抵抗运动勋章。

5月8日，加缪在安德烈·纪德身边，得知停战的消息。

5月16日，殖民当局在阿尔及利亚塞提夫城先屠杀，继而又镇压阿尔及利亚人民。加缪前往当地调查，写了八篇文章，有六篇以“阿尔及利亚纪事”为副标题，收入1958年出版的《时政评论三集》，表达了对阿尔及利亚人民争取民主自由的同情。

9月5日，加缪喜得一对儿女，取名若望和卡特琳。

9月25日，《卡利古拉》在埃贝尔托剧院演出。主演钱拉·菲利普崭露头角。R.康普把这出剧视为“绝望者的教科书”。

加缪担任伽利玛出版社的文学顾问，他要策划出一套“希望丛书”。

12月，加缪和米歇尔·伽利玛全家去戛纳度假。

1946年

3月25日，加缪抵达纽约，开始北美之行，在哥伦比亚大学、哈佛大学等处讲演，受到大学生的热烈欢迎和好评。5月26日，他抵达蒙特利尔，开始在加拿大巡回讲演，6月回国。

加缪发现西蒙娜·维尔的作品，主持出版她未发表过的作品。

在论战中，他系统地思考暴力问题：“我们在地狱中，从来就没有出去过！这漫长的六年来，我们都极力摆脱这种处境。”（《夏》）

诗人勒内·夏尔的《伊普诺斯散页》出版，加缪和他结成深厚的友谊。

1947年

加缪强烈抗议法国当局镇压马达加斯加岛起义：“……事实摆在面前，清清楚楚，极其丑恶。我们碰到这种情况，干了我们谴责德国人所干的事情。”（《战斗报》）

加缪将《战斗报》主编之位让给克洛德·布尔代。

6月，《鼠疫》出版，获巨大成功，加缪被授予批评家大奖。

夏季，加缪到普罗旺斯地区卢马兰村居住一段时间。

8月，加缪与让·格勒尼埃去游布列塔尼。

9月，加缪去诗人勒内·夏尔的家乡伊斯勒，受到他热情友好的接待。

11月，加缪回阿尔及尔，看望亲人和老师。

加缪在《卡里邦》杂志发表系列文章《不做受害者，也不当刽子手》，再度与德·拉维吉利激烈论战。他强调暴力虽难避免，但必须反对使暴力合法化的任何行为，他反对一切战争、一切残害生命的暴力形式。

1948年

1月19日，加缪去瑞士养病，写完剧本《戒严》。

加缪暂时离开斗争激烈的政治舞台，携家人回阿尔及利亚。5月4日，加缪又同家人去英国旅行。

夏天，加缪再次去夏尔家乡伊斯勒，他对巴黎生活已心生厌倦，眷恋普罗旺斯的秀美风光和田园生活。

10月27日，《戒严》演出失败。

1949年

3月，加缪呼吁声援被判处死刑的希腊共产党人；1950年12月，他还声援其他国家被判处死刑的共产党人。

开始撰写剧本《正义者》和哲学论著《反抗者》。

3月6日，加缪去伦敦，出席《卡利古拉》在伦敦的首演式。

6月至8月，加缪去南美洲旅行（参看《最近的大海》与《长出来的巨石》）。加缪健康状况本就不佳，这次旅途劳顿，情况就更糟了。此后两年间，他只能思考并撰写《反抗者》了。

《正义者》完稿，加缪有时去看这出戏的排练。12月，《正义者》公演，受到观众的赞赏。

1950年

加缪向伽利玛出版社请一年病假，遵医嘱，去海拔高、气候干燥的卡布里养病。他每天坚持写作。萨特前去看望过他。

《时政评论一集》出版。

加缪去沃日地区度夏。

不久，他搬到夫人街的一套房子。

1951年

加缪再次离开阴冷的巴黎，去卡布里疗养，主要精力用来完成《反抗者》。

10月18日，《反抗者》出版。这本书从哲学、伦理学和文学诸方面，探讨了引起论战的各种敏感问题，提出一套反抗的理论，这便是加缪的新人道主义的核心。这本书引起萨特和加缪激烈论战，最终导致二人彻底决裂。这一场论战是法国知识界的重大事件，持续一年多。

11月，加缪回阿尔及尔探视母亲。

12月，在卜利达状告“争取民主自由胜利运动”（阿尔及利亚政党）。

1952年

2月22日，加缪参加法国人权同盟在巴黎的大会，并发表演说。

3月6日，加缪声明退出欧洲文化协会，因不满它的政治宣言的一些观点。

5月至8月，《反抗者》所引起的论战到了白热化程度。加缪写了《致〈现代〉杂志主编的信》，而主编萨特则回复以《答加缪书》，成为两人断绝关系的宣言书。

加缪去帕那尼埃休养。

创作短篇小说集《流亡与独立王国》。

加缪辞掉在联合国教科文组织的职务，抗议它吸收了佛朗哥统治下的西班牙为成员。

12月1日，加缪再次回家探望母亲和哥哥，重游蒂巴萨，去游览尚未去过的沙漠绿洲城镇。他乘船到马赛，去戛纳与伽利玛一家相聚，再一道回巴黎。

1953年

《时政评论二集》出版。

6月，在昂热戏剧节上，加缪代替生病的马塞尔·埃朗改编并执导《信奉十字架》和《闹鬼》。

夏天，加缪带生病的妻子以及子女去莱蒙湖畔的多农，抓紧修改《夏》。

10月，加缪着手将陀思妥耶夫斯基的长篇小说《群魔》改编成剧本。

“专制和金钱民主都明白，为巩固其统治，必须将劳动与文化分离。至于劳动，有经济压迫差不多就足够了……而文化，则可以用金钱收买和冷嘲热讽。商业社会将大量金钱和特权赠给那些名为艺术家，实为跳梁小丑的家伙，迫使他们做出种种让步。”（8月8日加缪给一家工会刊物的信）

加缪在一张标明1951年3月至1953年12月的纸上，列出他心爱的词：世界、痛苦、大地、母亲、人类、沙漠、荣誉、苦难、夏日、大海。

1954年

随笔集《夏》出版，包括《扁桃树》《重游蒂巴萨》等八篇抒情散文，反映向往光明的自然一面。加缪认为作家可以写荒谬，而自己并不绝望。

10月，去荷兰短期旅行，阿姆斯特丹是他的小说《堕落》的背景城市。

构思写《第一个人》："于是我构想'第一个人'从零开始，他不会念书，也不会写字，不知道什么是道德和宗教。换言之，那是一种没有老师的教育，小说就放在现代历史的革命和战争之间展开。"

法国广播电台分几次播放加缪录制的《局外人》。

加缪十分关注阿尔及利亚的局势。11月，殖民当局和阿尔及利亚民族主义力量矛盾激化，开始武装冲突。"左手拿着《人权宣言》，右手拿着用来镇压的警棍，还能以文明的创立者自居吗？"

10月，加缪再次写信给福克纳，请求改编《修女安魂曲》。

11月，应意大利文化协会邀请，加缪去意大利访问，到都灵、米兰、罗马、热那亚几座城市作报告和讲演。讲演的题目为《艺术家及其所处的时代》，表明自由的艺术家并不是一个追求舒适或内心混乱的人，而是一个有自律精神、承担社会责任的人。

1955年

3月，加缪改编迪诺·布扎蒂的剧本《医院风波》，并在法国出版。

4月26日至5月16日，加缪去希腊旅行，在雅典的法语学院以《悲剧的未来》为题发表演说，援引法国一大批作家在戏剧舞台所取得的成就，说明古希腊悲剧复兴的可能性。

6月，加缪重返新闻界，与《快报》周刊合作，主持时事栏目。加缪加盟《快报》，又引起与左派杂志《法兰西观察家》的论战。

“作家完全可以置身于激烈的论战之外，独自一人，在孤独中完成为大众服务的使命。然而，一旦加入战斗，他就必须遵守规则：集体性、责任感，以及应有的幽默感。”（布尔代）

其实，加缪并没有加入他们的阵营。

9月末，美国作家威廉·福克纳到达巴黎。为此，伽利玛出版社举办花园招待会，法国文学界名流四百人应邀参加，成为一次文坛盛会。福克纳签了合同，允许加缪改编《修女安魂曲》。

10月23日，加缪在巴黎大学主持《堂吉诃德》问世三百五十周年纪念会，他在讲话中，赞美书中的主人公拒绝现实、拒绝轻而易举的成功的精神：“有一点非常重要，这些拒绝不是被动的。堂吉诃德不屈不挠的战斗，永远不甘心失败……这种拒绝不是放弃，而是一个看重荣誉的人在谦卑面前的退让，他是一个拿起武器斗争的仁慈家。

“这信念是一种希望，也是一种信念。这信念就是只要坚持不懈，失败最终会转化为胜利……不过，这需要战斗到最后一刻，正如西班牙哲学家所梦想的，堂吉诃德必须下地狱去为最后的受难者打开大门……”

1956年

1月18日，加缪飞抵阿尔及尔，参加集会。1月23日，他呼吁休战，因而受到一部分同胞的不愉快接待。他在给吉利贝尔的信中写道：“我从阿尔及利亚回来，心情相当沮丧。事态的发展坚定了我的信念。对我来说，这是个人的一种不幸。但是必须坚持，不是什么都能妥协的。”

2月，加缪停止与《快报》合作。

5月，小说《堕落》由伽利玛出版社出版。

加缪全力援救5月28日被捕的梅宗瑟尔，以及一批被捕的阿尔及利亚自由主义者或民族主义者。梅宗瑟尔一案移到巴黎，加缪请名律师为好友辩护，终于使其免予起诉。

9月20日，由卡特琳·塞勒主演的《修女安魂曲》在巴黎马杜兰剧院演出成功。

10月23日，发生匈牙利事件。加缪声援匈牙利人民，多次参加集会游行，反对专制主义。

1957年

加缪打算编《夏》的续集——《节日集》。

3月，《流亡与独立王国》出版。

6月，昂热戏剧节上，演出修订本《卡利古拉》，以及他改编的洛贝·德·维加的《奥尔梅多骑士》。

《关于断头台的思考》收入同科斯特勒与丁·布洛克·米歇尔合编的《关于极刑的思考》。

10月17日，瑞典皇家学院授予加缪诺贝尔文学奖。当时他是法国第九位此奖得主，而且是最年轻的，年仅四十四岁。加缪自己觉得意外，他认为应该是马尔罗获奖。这一事件受到了左派和右派的双重抨击，但是马尔罗毫不犹豫地表示祝贺，说："他的这种回答给我们俩都增了光。"另一位著名作家莫里亚克，也摒弃前嫌，给加缪以中肯的评价："这位风华正茂的年轻人，是青年一代最崇拜的导师之一，他给青年一代所提出的问题提供了答案，他问心无愧。"

1958年

2月,《在瑞典的演讲》发表。

3月,《反与正》再版，新作了序言。

6月,《时政评论三集》出版。这是阿尔及利亚专集，加缪提议分析冲突并寻求解决方法。但是他已陷入两难境地，这给他造成极大苦恼。

加缪这两年身体极差。

6月9日，去希腊旅行。

8月，著名作家马丹·杜·加尔去世，加缪为这位挚友写了纪念文章，给予高度评价。

11月，加缪在普罗旺斯省卢马兰村买下一幢房子，打算将来长居乡间。

1959年

1月30日，加缪改编的陀思妥耶夫斯基的《群魔》，由他执导在巴黎安东尼剧院演出。

加缪打算经营一家剧院，请当时任文化部部长的马尔罗予以资助。

3月，加缪回阿尔及尔探母。

5月12日，法国电视台播放一套名人采访录，有一期专为加缪录制。

5月，加缪到卢马兰村居住，似乎恢复了精力，准备写《第一个人》，到11月，他顺畅地写出了第一部分。题词已想好："献给永远无法阅读此书的你。"据加缪妻子理解，人人都是第一个人。如果不出意外，《第一个人》应在1960年7月完稿，1961年夏加缪再写第二稿，或许就是定稿。

1960年

伽利玛一家应邀到卢马兰过元旦。1月4日，加缪乘米歇尔·伽利玛的汽车回巴黎，车行至蒙特罗附近的维尔勃勒万，出了车祸身亡。

在悼念的文章中，萨特的悼词最感人：

他在本世纪，顶住历史潮流，独自继承了源远流长的警世文学，警世作品也许堪称法国文学的最大特色。他以那种固执的，既狭隘又纯洁的，既严峻又耽于肉欲的人道主义，向这个时代种种巨大的、畸形的事件展开胜负难卜的战斗。但是反过来，他以自己始终如一的拒绝，在我们时代的中心，针对马基雅弗利主义和拜金的现实主义，再次肯定了道德事实的存在。

阿尔及利亚友人在蒂巴萨给加缪立了纪念碑，雕刻的铭文为：

在这儿我领悟了

人们所说的光荣：

就是无拘无束地

爱的权利。

——阿尔贝·加缪